环行中国

玉儿——著

北京时代华文书局

图书在版编目（CIP）数据

环行中国 / 玉儿著. — 北京：北京时代华文书局,2022.3
ISBN 978-7-5699-4548-5

Ⅰ.①环…　Ⅱ.①玉…　Ⅲ.①随笔—作品集—中国—当代　Ⅳ.①I267.1

中国版本图书馆CIP数据核字（2022）第028248号

环　行　中　国
HUANXING ZHONGGUO

著　　者｜玉　儿

出 版 人｜陈　涛
责任编辑｜田晓辰
策划编辑｜关菊月
责任校对｜张彦翔
封面设计｜李林寒　贾静洁
版式设计｜段文辉
责任印制｜訾　敬

出版发行｜北京时代华文书局 http://www.bjsdsj.com.cn
　　　　　北京市东城区安定门外大街138号皇城国际大厦A座8楼
　　　　　邮编：100011　电话：010-64267120　64267397
印　　刷｜北京盛通印刷股份有限公司　电话：010-52249888
　　　　　（如发现印装质量问题，请与印刷厂联系调换）
开　　本｜710mm×1000mm　1/16　印　张｜16　字　数｜224千字
版　　次｜2022年3月第1版　　　　　　印　次｜2022年3月第1次印刷
书　　号｜ISBN 978-7-5699-4548-5
定　　价｜78.00元

版权所有，侵权必究

自序

梦想带着冰河稀松的破裂声矫健地在大地上唱跳起来，在自驾旅行的第十三个年头，类似这种欢脱的感受依然能掀起我对自由的爱意和更加渴望自由的羽翼……

我常说，女性刚强即为大善。因为天地之间，万物丛生，人本身就难以探寻一切真理的深渊，只能在生命繁盛的空间中寻找某种快乐。女性往往在细微之处倾注心血，在不胆怯的经历中获得自由与快感，女性的刚强不在占领胜利果实中喜悦，只在体悟人生道路中平和，为此，我选择继续自驾旅——"可野·环中国边境行"。

眼界在单车自驾中得以开阔，感恩每一段充满新奇与幻彩的旅途给予我无限能量。人的内心会随着逐渐累积的经历变得丰富，正如我们在岁月的摩挲中生出了隐秘的细纹，它们不断加深、牢固，刻画出最本真的模样。十几年的自驾，我内心发生了很多改变，从最初的新鲜悸动，到热血沸腾，久而久之，竟成了一种自然的习惯和平淡之乐，"可野·环中国边境行"的初心，并非冒险与快意，而是寻找自己的新世界。

一路荆棘一路歌，千山万水，坎坷之间阅山峦之美，坦途之上享驰骋不羁。把越野的奔驰、摄影的达观、自驾的信仰融合在一起，我想，这种满足感大概是永远不够的，它可以超越生活中一切的物质趣味，在精神修行中、在无限体验中成全自己。

　　旅途中的困难和挑战真的没有什么了不起，我只是热爱，热爱行走之间的率性，热爱转身遇见的勇气。旅途中，我通常是完完全全放空的，在一个泥泞的漩涡侥幸逃脱后，我甚至能瞬间抛掉那种紧张、焦虑，让滚烫的车轮碾压它们的张狂，而我，又转眼望向一片全新的世界了。人怎能不断回顾小小的挫折呢？如果世界朝我们做鬼脸，我们也该顺便一笑了之，在心态上迎合世间万变，才能在生活中真正拥有持续挑战的胆魄。

　　自驾是一件幸事，更是一件苦差，在环中国边境行的路上，体会越发深刻。无论你用什么眼光探视这个世界，相信我，你会遭遇无法想象的各种冲击，冲击里有真切的温暖和恐惧、真切的渴望和怯懦。当然，你更要知道，没有哪次脉搏跳动比在路上的时刻更加清晰，没有哪个灿烂微笑比在路上的遇见更加灿烂，也没有哪朵五彩云霞比在路上的风景更加耀眼，更没有谁比路上的你勇敢！

　　走吧，路途遥远，刺激只是自由的附属品，带上无所畏惧的坚定和内心深处的渴望，看淡脚下的路，看清自己的心。"可野·环中国边境行"中的我，翻越山河，看一整个新世界……

CONTENTS 目录

迷失的起点 -002
被盘问 -004
挑战与自我对抗 -009
广阔新天地 -012
关于内蒙古段 -016

第一章
始发内蒙古
——
起程

第二章
新奇疆界
——
美丽征途

抬头，有星 -022
哈萨克族的婚礼 -026
喀纳斯的看客 -028
新体验 -032
塔城 -035
彩绘阿克苏 -037
留在喀什 -040
关于新疆段 -043

圣湖玛旁雍错 -048
奔跑的孩子 -052
浪漫七夕——冈仁波齐的夜 -056
行走日喀则 -060
拉萨 -062

第三章
活在藏地
——
生而不悔

第四章
静谧滇藏
——
平凡世界

西藏江南——林芝 -068
滇藏的挑战 -070
小小客栈 -074
被困"丙察察" -078
梅里雪山 -082
临时变线 -086
飞来寺里赏人间 -090
香格里拉的界限 -092
关于西藏段 -096

第五章
国之西南
―――
静止的时光

行走的意义-102
苍山洱海白云间-105
走,去临沧吃茶-108
西双版纳的节奏-111
边陲之美——在河口-114
四十岁的阿姨-119
关于西南边境-122
带着父母游边境-125

千里之行-132
再观土楼-136
厦门的热浪袭击-139
普陀山头待日升-142
到我们的世界-146
盐城的"吃蟹"现场-150
爸爸的记事本-153
乘风破浪,相伴-156
雨夜津港-158

第六章
迎风走东部
―――
搀扶着你的臂膀

晋中风光-164

时光在敦煌溜走-167

回家-172

七十七天-174

休憩的父母-178

心灵太极，别太急-182

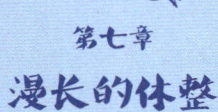

第七章
漫长的休整

盘锦的大冷天儿-186

出发去丹东-190

风中的芦苇-192

禁止通行-195

室外温泉有点暖-198

哈尔滨的梦幻冬夜-202

冰雪乐园-204

"团战"呼伦贝尔-208

根河还是银河？-210

狼岛之行-212

零号界碑-216

第八章
再会东三省
来年，后会有期

泼冰的行为艺术 -219

特技"雪上飞" -224

脚下的阿尔山 -227

二连浩特，又见面了 -229

关于东北线路 -232

后记 -235

名人推荐 -238

始发内蒙古

起程

第一章

迷失的起点

二连浩特

自驾的第一段行程是从二连浩特开始的,其中,从二连浩特出发的内蒙古段是整个边境行最困难的一段路。我们会经由满都拉口岸、干其毛都口岸,沿北银根、雅干,至额济纳旗,再由红石山北上至老爷庙口岸,最后抵达首段终点乌拉斯台口岸。

边境线路导航困难、人烟稀少、加油站点间距不明等可能遇到的困难问题,我们已经提前考虑到了,然而实际能做的最大保障就是通过随时与组织保持联络,来确保此次行程中所有人的人身安全。带着《自驾地理》提供的十三份手绘版边境地图,我们信心满满地从二连浩特起程了。

出师不利,导航找不到手绘地图中标示的地点,在二连浩特加油站问了几个人都不知道地图中所示的浩雅尔海拉苏和艾勒。在二连浩特迷迷糊糊转了将近两个小时,还是没有找到通往边境线的正确线路,大好的耐心很快就被磨没了,接踵而至的是翻涌而来的慌张错乱。

好在我及时调整思维方式,复盘走过的路线,标记主线路和基本走向,最终成功出城,顺着边境铁丝网一路向西。引擎轰鸣的声音在这片陌生的大地上循着自由的名义,在热烈而干涸的空气中不断跳跃。我从不害怕迷失,因为自由本身就不存在界限的说法。

开往满都拉口岸的末段，好不容易偶遇"前方1公里处有饭店"的路牌，憋着劲儿一脚油门轰了过去，下车的一瞬间被眼前景象逗笑了。蓝白色毛毡帐篷配着瓦红色上锁立门硬生生戳在那儿，两只看门狗更像是主人，对我们摆出威武的阵仗。说是饭店，但里外都没什么人，更别提饭菜香了。拉下车窗打量了一阵，我们就奔着满都拉口岸继续走了。

历经二百多公里、四十摄氏度高温沙漠路段的颠簸，我们终于在满都拉口岸做了第一次休整。

乌拉斯台口岸

被盘问

鉴于安全问题,我们在满都拉口岸武警官兵驻扎地进行休整。其间,发现车子副油箱油泵坏了,车胎被扎了,人生不如意事,十之八九,边境行的不易,接近满格。

由于地理位置偏僻,人口稀少,修理站非常简单,一个窄小的门口,进深三四米的样子,只有两名师傅。修车师傅的脸晒得黝黑,这里可不像城市的修理部,讲讲服务,发发赠品,这里的师傅就是一门心思修车,给自己省时间,给客户省时间。

车子基本修好了,终于可以安安心心休息。身体疲惫,两位车友选择住在口岸招待所好好恢复状态。我呢,总觉得相比招待所,自由的室外露营更符合我的心意,或者说,我想要在某种清净时分找到启发内心的答案,于是,我一个人在口岸广场支起了车顶帐篷休息。晚上口岸广场有武警官兵站岗值班,很安全。

看到我一个女人支起车顶帐篷扎营,值班的武警还特意过来问需不需要帮忙,我示意感谢,并未多言,夕阳染红了半边天,一场美景在等我。武警官兵

热情地告诉我，不管有什么问题，都可以随时找他们。我非常感激，感觉他们的形象更加高大，心里呐喊着祖国威武！

我并不是喜爱沉闷的人，但我能够享受一个人的孤独之美。从车顶帐篷探出头来，望着寂静的夜空，我的心变得踏实下来。感受着这夜，瞬间心情也染出了许多颜色。你看，这宁静是泛黄的，好像记忆中的旧照片，治愈着我们对岁月的无可奈何；你看，这宁静是黑暗的，好像年少时的黑发，闪耀着我们对童年的永恒热爱；你看，这宁静是火红的，好像花丛里的太阳花，摇曳着我们对生命的无限希望。

喜爱孤独，喜爱充满幻想的自己。

第二天一大早，本来等待着清晨曙光的亮丽，不想却睡过了头。燥热的天气叫醒了我，与值勤武警战士匆匆告别后，我们立刻抓紧时间赶往干其毛都口岸。

又是一段荒无人烟的路，刚开始有些摸不着头脑，就让同行的两位车友跟着我的车走。走了一段看到很明显的车辙印，估计是边防战士巡逻时留下的车辙印，有了车辙印的指引心里踏实了不少，车速也明显加快，让跟在后边的车友吃了很多灰尘。后来我让他们顺着车辙印走在前面，我保持车距跟着，也方便拍些视频及照片。

走了一段看到有驻扎在边境线的部队，让车友先走后，我准备去边防连队看一圈，顺便打听一下路线。而在这段独自行走的路上，我经历了人生特殊体验。

我顺着"有事找官兵"的立牌指引的道路直接开车到驻扎部队门口，刚到门口就有官兵跑过来严厉地冲我喊："下车检查！"我起初并不在意，心想，检查就检查吧，那就咨询一下周边路况吧。还没等我开口，其他几名官兵迅速到车内开始进行检查。反复检查后并未发现问题，当然了，我只是误入禁区的良民，怎么可能有问题？可是对方说要我进入部队审查室接受审查时，我心里有点害怕了，就像被天生威严的老师瞅了一眼的差等生，明知道没犯错也会吓掉半条命的感觉。

主动咨询变成了接受盘问。

边防官兵的审查非常严苛、认真，全面调查清楚后，报告上级，上级审核了很久才指示连队放了我。七点左右，信号恢复，收到了很多朋友的问候和车友退出的消息，心情低落的我也没有和他们联系告知我的遭遇，只短信回复了：祝一路顺风。

一台车，一个人，万般忧虑和尚未平复的扣押恐惧，伴随着二哥的一个邀约电话，都消失了。

　　二哥拉着几位好友，特意在我之前，赶到干其毛都口岸，把一切安排妥当。一顿平平常常的聚餐，让我感受到莫名的力量，我突然意识到，无论独自享受的世界多么自由美好，人也是万万离不开朋友的。

　　通常朋友比我自己更加信任我，因为我经常想着"可能该停了"，而他们总说"还能行"！当然，对我而言，去往干其毛都口岸的路，还仅仅是个开始。

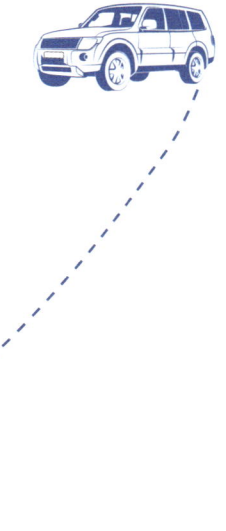

挑战与自我对抗

副油箱没有彻底弄好，在干其毛都又是一通修理。干其毛都热浪滚滚，夹杂着大货车撒落的煤尘，到处一片灰暗，让人心里发慌，细腻的煤渣躲都躲不开，狡猾地附着在汗毛上，像是提前要给我贴上恐惧的标签。这样的燥热加灰尘使我有些坐立不安，车修好后已经过了中午，我依然决绝地离开了干其毛都。

马达轰鸣在四十多摄氏度的高温天气中，汗水顺着我的发尖跌落到胳膊上，又随着车子颠簸的节奏甩出窗外，火热的沙漠会快速吞噬汗水，不留一丝痕迹，就好像这片狂躁的大地根本不愿承认我的到来，连路过的骆驼群都不屑把目光投至我的方向。

两天时间，七百多公里，通往下一站额济纳旗的路况复杂，任务可以说相当艰巨了。

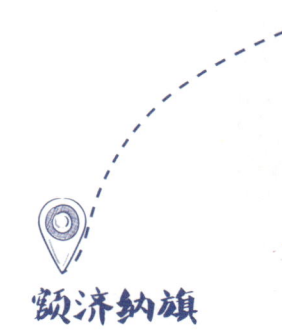

额济纳旗

很多路要翻越沙丘才能找到出口，路上沟壑纵横，我的身体会经常在速度和颠簸的双重作用中剧烈晃动，刺激，更让人生畏。

疲惫的身体已经多次喧闹着自己要赶快休息，算了，继续走吧，这个

时候，停留可比前进更需要勇气。天已经黑透了，意想不到的是，竟然让我遇到了保护站。距额济纳旗还剩一半左右的路程，如果能休息一下简直太棒了！但这次我竟然警觉了起来，大概是上次被问话的后遗症还没有治愈。我把车停在了离保护站稍微有些距离的位置，迅速打量周遭的一切以确认这个地方的安全性，这才敢敲响保护站的门。

保护站看起来很小，与常见的带住宿的那种警卫站差不多，门半天才开，是一对老夫妇，看起来非常慈祥。

"你是做什么的？"他们一脸不可思议，带着欢迎又好奇的表情问我。

"大爷大娘，我是自驾旅游的，经过这儿，开了很久车，能在这里稍微休息一下吗？"

"那有什么不可以！"他们呵呵笑了起来，像迎接自己的孩子一样，把我迎进门。

睡了一觉之后，整个人都感觉精力充沛，我立刻趁着好状态起程。路上，莫名回想起经历过的很多情形，搁在当时，我是万万没预料过自己会害怕的，那些无人区的黑暗、爆裂的尘沙和远处可能追随的狼群，那些失联和故障的恐慌与抵达的求胜心，像冰封之鱼寻觅新鲜的氧气，像夏日里的蝉鸣声嘶力竭，才让行走的过程有了真正的意义——挑战与自我对抗。

广阔新天地

在沟沟壑壑的干扰下，车子掉进了一个大坑，车顶帐篷被颠了下来，扎带断了，备用扎带忘在了退出的那台车上，这里手机没有信号只能自救。好在走了一段看到了一处边防站，说明情况后，几名边防战士立刻随我前往，看他们卖力地把车顶帐篷抬上去并设法固定好，我的内心流淌着一股感激的热流，祖国始终是我们坚实的后盾，无论我们是为了生活还是为了自由。

在边防站遇到了"明星"狗狗——老班长，听官兵说它在部队很多年了，大家和它感情非常深厚，我不由得想起我的小狼，当陪伴变成留存的情感，远行的路显得更漫长了，下次出发，我要带上小狼一起见证这个世界。

时入傍晚，抱着侥幸心理希望边防部队收留我一晚，但组织纪律严格，这是不现实的，车顶帐篷还坏了，于是只能开夜路回到淖毛湖镇上找地方歇脚了，趁机又给车子来个检修，毕竟安全第一。

次日，从淖毛湖镇开往老爷庙口岸，只为了去见证边境的中蒙地界标。有人会纳闷，干吗为了一个界碑奔波几百公里？我倒觉得，这件事非常有意义，边境行本来就是要一寸寸丈量我们的祖国，一方方见证我们的领土。

在边防战士的指引陪同下，带着"可野·环中国边境行"的使命，我们来到了牧区寄宿制的三塘湖中心小学，这所学校仅有20多名学生，他们个个脸上洋溢着自然的笑容和纯真的渴望。陪他们谈天说地，无拘无束，沉浸在属于他们的童年中，被满满的欢乐环绕着。我把准备好的生活、学习用品送给他们，相信他们的未来，一定

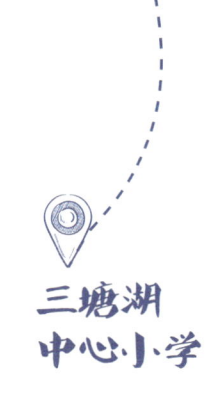

三塘湖中心小学

会在知识的武装下变得更加自信、更加强大。临别时，可爱的宝贝们迎上来为我们戴上了鲜艳的红领巾。感恩这样的参与，让我对边境行有了更多的期待，对一路的坎坷不存任何怨念。

老爷庙口岸的风非常强悍，引擎盖被吹得发出清脆的声响，挡风玻璃裂纹也有了新的张口，但身边的一切都显得那么轻松、愉悦。途经了一小段清新的薰衣草花海后，我到达了中蒙界碑处，激动得我立刻从后备厢抽出"可野·环中国边境行"的条幅，里程碑式的小仪式，让我在即将到来的旅途中有了肆意的资格和勇气。

因为车的状况也不是特别好，还需要保养车，我就从乌拉斯台口岸途经哈密、敦煌，绕道大柴旦、西宁返回兰州休整。夜晚，在大柴旦雪山温泉美美地泡了一阵，满足感爆棚！

在返回兰州的路上，看到一辆冲下路基发生碰撞的小客车，用绞盘帮助他们脱困。这是路上行车人与人之间特别的一种关联，即使互不相识，有难皆为朋友！就这样，在状况不断中，一个人，一台车，我成功完成了首段边境行自驾。

内蒙古

　　这段路有什么稀奇呢？好像，也没什么值得炫耀，无非是体验了阻抗横风的刺激，见证了雄鹰着地的勇猛，享受了赛马奔驰的快意，观赏了拨云见日的壮阔晴空。若不是亲自来过，与美好擦肩而过的机会都没有。

关于内蒙古段

横穿内蒙古，沿边境线驾驶有别样的风景，也需要进行更多的预先准备，针对这一段落的自驾活动，这里给车友一些小建议，希望能有所助力。

首先，内蒙古段从二连浩特西向至额济纳旗，沿途景观大致相似，均属于典型的草原荒漠戈壁，蓝天白云，星空晚霞，因此建议注意调整车辆速度，不必在路途中做过多停留，特殊的景点须提前标注位置，根据个

人偏好选择停留点。这是非常重要的，很多人说，自驾就要随心所欲，想走便走，想停就停，实际上这种想法并不适用于这条线路，这里路况复杂，线路交错，如果不考虑每天行进的距离和停留点，会导致很多意外情况出现，比如在非常偏僻的无人区露宿或者车辆出问题无处寻求救援等。

  其次，要尽量选择实用的装备物资。食物和水是基础配备，随车携带的食物建议合理搭配，能量较高的食物、盐分较高的食物按类别准备，根据自驾者自身身体特点安排，比如血糖偏低的车友应提前准备充足的糖或巧克力，行驶过程中大部分为无人区，想买是很难的。药物也属于基础物资，可以携带家用医药箱，确保常用的药物和处理外伤的药物充足，自驾过程中车辆经常遇到小状况，任何一个小问题的出现都可能无意间伤害到自己，这是基本的安全措施。此外，自驾人员要预备润唇膏、护肤品、防晒用品和衣物等，这个不区分男女，建议人人装备。这条新路要经过九百多公里的沙漠区，如果不做好防晒工作，是非常容易晒伤的，很多车友都尝过"不怕晒黑，结果晒伤"的苦头。还有，装备中非常关键的是车辆检修装备和备用装置。在无人区的野外经常会面临意外事件，这几乎是不可避免的，有基本的检修知识和能力是硬性条件。也要注意检查备用轮胎和车顶帐篷。同时，我建议在途经的每一个修理站都进行车辆检修，因为修理站之间的距离总是比较远，及时查验车辆是否存在异常是非常必要的。

　　之后,是风俗的问题。内蒙古以牧区为主,人们通常豪爽大气、非常率真,待客往往也独具特色,车友千万不要贪恋手抓肉的美味和跑马的乐趣,要考虑体质差异,适当食用肉类,避免上火。跑马也要先听从主人解说,即使骑马技能熟练也不要忽略马本身的特点,大草原上的马,可不是跑马场里被驯化好的马匹,它们似乎只听从主人的命令。

最后，"有事找官兵"。这次内蒙古段自驾，感触最深的莫过于此。环边境行，要注意禁区的识别，不要给祖国添麻烦，否则严格的边防战士一定会恪尽职守，对闯入者严加审问，我的前车之鉴希望大家引以为戒；反过来，当我们真正遇到困难的时候，首先要联系附近的边防站或保护站，这是最保险的方式。通常边防战士会给出最好的解决方案或建议，对于自身解决不了的车辆问题他们也会非常热心帮忙的，他们真的是我们坚强的后盾和保卫祖国的英雄楷模。

新奇疆界

——

美丽征途

第二章

抬头，有星

昌吉乌拉斯台口岸

8月10日，我们要从内蒙古段结束处昌吉乌拉斯台口岸出发，前往终点叶城。

这段行程预计行驶一个月左右。在这段旅途中，"挑战"主要是如何在这段时间吃尽美食，享尽美景。

可野创始人倪庆江及林寒、董老师、冯翔、小段、深鹏等好友的加入让我非常开心，朋友相伴，大家嘻嘻闹闹，畅谈人生，患难与共。我们起先从哈密出发，享受了一通美食后，翻越天山段，直达巴里坤大草原，第二天才到乌拉斯台口岸。

露营是户外越野的家常便饭，但气候和地域的差异会导致各种不同的露营感受，这里温差非常大，课本上的"早穿皮袄午穿纱，围着火炉吃西瓜"并不夸张，要赶上夜晚的美好景致，是凭运气的。正好我们就是好运使者。

那晚的天空非常晴朗，星星闪耀着，像空中都市的明亮夜景，透着清澈的光，散落在天的各个角落，看向哪里，都有它们善意的回应。因为晴朗、广

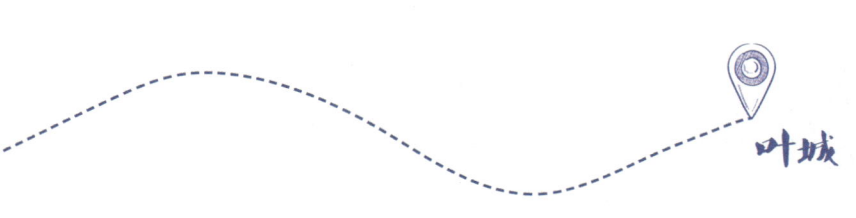
叶城

阔，我们甚至能看到天空的颜色，深蓝中夹杂着神秘的紫，像极了海的尽头，裹着厚厚的衣服，被大自然温暖地包围着。

"为什么是月亮代表我的心，而不是星星呢？"我不解。

"漫天都是星，岂不是，星星代表我的花心吗？那算哪门子表白！"道理讲得太突然，大家哈哈笑了起来。

哈萨克族的婚礼

蜜瓜有多甜，这儿的生活就有多幸福。

在乌拉斯台口岸附近，就着淅淅沥沥的小雨，我们开始吃晚饭，席间听闻附近晚上有哈萨克族的婚礼舞会，纷纷表示想去观礼。老板非常热情，让店里的小妹妹帮忙带路。

从邻近的街巷就能听到欢快的乐曲声，小雨依然没有停下来的意思，估计人不会太多，希望场面不要太冷，毕竟我们都想见识一下哈萨克族的民俗风情。

"啊，好多人！"我们几乎异口同声。这不是婚礼现场，只是婚礼的其中一项——舞会，竟然都这么热闹！

音响开到最大，人们的舞步和气氛和谐地搭配在一起，让人不自觉有了加入其中的情绪。现场没有专业的灯光，房门的大灯和院墙处昏黄的小灯呼应着照开，把每个人盛装出席的服饰照得明亮舒适。哈萨克族专业乐师现场主唱，色彩缤纷的院子萦绕着欢乐的气氛，深深感染了身为过客的我们。

舞会以中心处几对双人舞为原点，向外缘绕出了几个圈，一层又一层，男女老少融入其间。祝福新人的方式就是露出喜悦的笑容，跳出欢快的舞步，让幸福的情绪在移动的人群中弥漫开来，让每个人都沉浸在快乐中，享受着这个与众不同的夜晚。

每个地域都有自己独特的风情，每个民族都有自己特有的文化特点，用一句俗套的话来说，见证世界以开阔眼界，这是越野人的宿命和乐趣。

喀纳斯的看客

白哈巴村

我们直抵西北第一村——白哈巴村,这座被喧闹世界遗忘的美丽村落。像世外桃源一样似乎举着"请勿打扰"的门牌,尽管是好季节,来游玩的旅客依然不太多,但每个人走在通往村落的小路上,都显得格外小心,生怕自己的鲁莽冲撞了这份清静。

村子像是天然排布的,错落有致,每个角度都有不同的视觉感受,木栅栏围护着一个个宁静的院子,家家户户都是清一色的浅咖色木结构造型,屋顶在风吹日晒中变得灰白。

顺着村落安静舒适的节奏，我们步入喀纳斯神秘殿堂——喀纳斯湖。到达湖区，已是昏黄时分，游人们渐渐离去，我们趁着余晖斜阳看到了最美的喀纳斯湖，波光粼粼，倒映万物。天，像整个儿掉进了喀纳斯湖的神秘，在另一个宇宙的中心顶着尘埃，造出了一片全新的世界。

我们就近找了一家烧烤店，这里的天，即使临近傍晚，依然透着些许光亮。正宗的特色美食，烤串儿、烤馕、可口的哈密瓜和点心，看得我们眼花缭乱。

喀纳斯

院中的篝火晚会持续到午夜，一位用冬不拉弹奏《土耳其进行曲》的摇滚少年，把气氛烘托得更加美妙。

　　我们七八个人拼了一个大桌位，大家嘴里吃着美食、聊各种新鲜的事物，有人坐得稳如泰山，听别人侃侃而谈而倍觉有趣，有人绕着桌子起身在旁边点了一支香烟。席间有位二十一岁的青年人，让我们欣赏了哈萨克族式的高音唱腔，音色纯净，绝不逊色于专业音乐人。那歌声令人陶醉其中，我不自觉地，悄悄站到了他的对面，生怕错过一场精彩的表演，生怕落下他一个认真的表情，那青春的模样如此珍贵。对他而言，歌唱，是自己的根，也是未来将会伸展的枝丫。

　　哈萨克小伙儿即将奔赴北京攻读研究生，迎接属于他自己的世界。我们也将挥别神秘的喀纳斯，走向更远的地方。晚饭时，我看着这些充满朝气的人和事，竟感到眼角有些泛红，青春是多么美好又令人感动呀，让人迷恋成长和鲜活的过程，让人看见奋不顾身攀登的自己。

　　人说秋天的喀纳斯是人间天堂，但真正懂得它的人，会不分季节时令地爱上它。当我们怀着仰慕之心以看客之姿观望喀纳斯的婀娜之态，眼前的一切正在窃窃私语中变得旺盛，万物在人们的守护中获得滋养。

　　喀纳斯，一个不论你造访几次，也读不完的神秘之域。

新体验

又是一夜露营，帐篷外侧的水珠滑落下来，不断积攒到内帐，尽管在冰冷的夜里显得有些凄惨，但是在我们看来，这就是天然的加湿器，正好缓解了白日的干燥。

温差过大，白天穿着夏季服装，配着防晒装备，等到天一黑，就要包裹着纱巾和厚重的外套了。为了搭配清新的心情，我把绿色的薄纱随身披戴着，

希望也能装点别人的风景。

边防军区内有一块朴实无华的石碑，碑文让我印象非常深刻："我家住在路尽头，界碑就在房后头，界河边上种庄稼，边防线旁牧羊牛。"简单的语言，把边防军人的生活描写得淋漓尽致，平和中透着美好的愿景。

"要是咱也能在这儿体验体验那该多好呀！"朋友随口一说，我们便当了真，到达西北边境第一连的时候，这个奢侈的愿望没想到竟然顺利实现了！我们荣幸当了一回兵！

巡逻是他们每天必须做的一项工作，基本也属于最重要的一项工作。一大早我们就准备就绪，在食堂和官兵们一起吃了简单的早餐后，便准时展开了晨练任务，人、车、警犬，有序分配开，以最高的效率投入巡逻工作。要巡逻的是通往边境线处的大片范围，路途险峻，巡逻任务艰巨。我们跟着他们巡逻，观看他们训练有素地实地排查——除了驾驶车辆，就是拉着警犬跑步开展工作，非常辛苦。我们有幸窥得军人的灵魂，似乎明白了这份坚毅

是如何练就的。

短暂的边防军旅体验让我们每个人都颇有感触——有这样一群人，守着无边的旷野，维护着和平，把保家卫国当成自己的理想，把使命视为生命，让我们能勇敢追梦。边境之行，见证国土之端，感恩守护之士，这一路，我们备感荣幸。

对于边防军人而言，他们生活的意义，正如军区的标语说的——割不断的国土情，难不倒的兵团人；攻不破的边防线，摧不垮的军垦魂！

越野人，通常也有着一颗刚强的心，这颗心会奉献给世界，奉献给任一有价值的事物。这次经历让我们更加坚定地相信，热血是最宝贵的财富，奉献，乐此不疲，追求自由，永不止息。

塔城

途中偶遇一片天然水库，它被郁郁葱葱的林木簇拥环抱，充满了奇幻色彩，我们忍不住停下脚步，驻足观赏。分散着的石头，把平缓的水面变得层层叠叠，颇有几分文艺气息。为了找到更好的拍照视角，我使出了浑身解数，实际上，这也是种责任，摄影作为我的专业，要以传播美学为根基，往大了说，我的摄影志向，是建立在对众生万物的博爱上，爱美好的事物，为其留住美好的自由的瞬间，爱匆忙的人，使其有空隙探视世界的新角落。博爱，并非自诩，而是善愿。

八月中下旬，塔城周遭的一切正是生机盎然，从高处往下望去，塔城像是夹在蚌壳里的珍珠，聚集得非常规整，环抱城市之心的是旷野葱郁的绿色，由遥远的地方驶进城市，好像掉进了某个神秘的旋涡，使人陶醉流连。城市的边缘有很多独立的树，虽然辨不出品种，但那种安静的画面，让我立刻联想到了电影版《傲慢与偏见》的桥段，达西先

生从乡村走向一片绿蒙蒙的野外，在初升太阳的光辉中对着伊丽莎白深情告白……塔城，就拥有着那样的气质。

彩绘阿克苏

赛里木湖

霍尔果斯口岸

伊宁

那拉提镇

从赛里木湖出发，途经霍尔果斯口岸，到达伊宁用餐后，要赶在天黑前到达那拉提镇。

为什么要把这段路称为"彩绘阿克苏"呢？实际上，阿克苏地区本身自然资源丰富，生物资源、矿产资源、能源资源，都非常富足，还以旅游业为契机不断发展而荣获多个国家级荣誉称号，是名副其实的多彩之地。

阿克苏的蓝，在独库公路转弯过后的山间朦胧着。被很多车友称为中国最美公路的独库公路，南北贯穿天山，非常壮观。阿克苏地区常年吹西北风或偏西风，但秋冬风速最小，为欣赏沿途风光创造了好的条件，让我们尽情地享受着畅通无阻的公路时光。山与山之间被浅蓝色的薄雾萦绕着，与天空之蓝交相辉映，完美地勾勒出了一幅魅力风光图。

阿克苏的红，在库车大峡谷巍峨雄壮的缝隙中穿梭。意为"红色山崖"的库车大峡谷国家地质公园，是阿克苏最热情的存在，它用神秘笼罩的威严让人们敬畏自然，它用阳光照射后簇拥的红色"焰火"给人希望，它的红冰冷而宁静、温热而和蔼。

阿克苏的绿，在城市闪耀的霓虹中充满生命之光。天黑之前我们就到达了市区，这个以棉花闻名的地区，有着蓬勃的发展活力，依靠多种资源的集中式发展，城市日益繁荣，街区的植被覆盖率非常高，绿油油的，点缀着整个城市。夜间，霓虹灯纷纷冒出艳丽的色彩，绿色闪烁得尤其亮眼，似乎昭示着这座城市对未来的无限希望和感恩。

　　用色彩记录着阿克苏的画卷，尽管不能全身心投入其中，但身体的不适绝对阻挡不了我们对阿克苏美的渴望。

　　阿克苏，再来约定一次吧，等我们再出发，与你重相逢！

留在喀什

喀什：等候多时。

答曰：为时不晚。

喀什的美食数不胜数，吸引着众多游客，但真正使喀什具有无限魅力的，是深厚的地域文化积淀和人文魅力。

这儿的姑娘真的美，是花样年华的艳丽，小姑娘们总是拿着喜爱的美食在巷子里奔跑，把辫子颠得高高扬起，又轻轻滑过灿烂的脸颊，天真的笑脸留在大街小巷的各个角落。

亲爱的，闻过这儿的花香吗？那种带着少年奔走时，掠过清风的花香。

"有人花痴，有人路痴，咱们是什么？"友人发问。

"咱们是吃吃吃！"我轻抚着被美食挤满的肚子，慢速回答。

另一位答道："什么什么痴，是吃什么，我想是吃待吧，吃完喝完还想待这儿的吃、待。"

笑得我差点脸抽筋，不过，从进喀什以来，我们差不多一直处于饱腹状态，吃完一个还想要俩，吃完这个还想尝尝那个。吃完就闲逛，不特意走访某个景点，不刻意奔往哪家店面，就是放慢节奏，单纯逛，这是我们共同默认的自驾状态，把自己假装成当地居民，感受浓浓的人文气息。

街后巷的商品市场琳琅满目，是孩子们的淘气城堡，也是大人们的游乐城。我们游走在街中心，被川流不息的人群淹没，又被清脆的笑声吸引着走进岔路。戴玩具面具的小男孩走出了英雄般豪迈的步伐，烤馕时淡淡的烟弥散到中年男人的新帽子上，逛街的年轻女人们挎着时尚的香包，姿态婀娜。

"再来点儿葡萄？或者瓜？"卖水果的少年向我打招呼。

"不不不，水果吃了不少，很撑了。只是，还差点儿主食。"说出口的一瞬间，我就有些不好意思了。

顺着少年手指的方向，找了一家面食馆，味道正宗，撑破肚皮也要吃，起程了就不知道多久后才能再享受到这等美食了。临走与店主一家人拍了很多合照，每个人脸上都洋溢着幸福的表情。

喜欢上一座城，可能那儿切出来的西瓜都更香甜，喀什，就是依靠各种触感都能刺激你留下的城市。美食、美人、美景、美物，多待一分钟，似乎它就多渗透着一分的魅力。

如果可以，把梦交给脚步，把心留在喀什。

关于新疆段

在这段奇妙旅程中，我们看到了很多有分享价值的事物，我们遇见了最甜的葡萄和最美的姑娘。

注意事项：

1 美食。在新疆的自驾活动，所到之处皆有美食，味觉的刺激让我们充满了满足感和喜悦，如果预定游玩的时间很长，大可以到了新疆以后慢慢吃起来。建议做好准备工作，整理网上搜集的资料，甚至可以具体到哪一条街哪一个店的哪一道菜。当然，做太多准备的旅程会给人公式般的感受，可能不那么酷，却是最高效、最便捷的方式。

2 注意饮水。气候干燥，多饮水是必要的，但除了多饮水，把握好饮水量和水温也是必要的，比如大量食用当地的牛羊肉以后，要喝热水，以免冷水造成肠胃不适。自驾过程中长途跋涉，温水和热水分开储备，以增加旅途便利。

3 注意查看天气，自驾尽量减少露营次数。此段温差大，天气多变，随时关注天气预报内容，对于外出路线的选择、停留时间的安排和物资准备都具有一定的指导性。如果迫不得已露营，或者想欣赏夜景，要格外注意保暖。

4 车辆检修和医药，这个之前内蒙古段已经提到了，再次重申。

5 不建议开夜车。内蒙古段平均海拔一千米以上，尽管道路颠簸路况复杂，但海拔比较平均。新疆段则不然，海拔落差较大，道路起伏跌宕，要注意控制车速，合理控制驾车时间，躲避夜路。

活在藏地

生而不悔

第三章

圣湖玛旁雍错

叶城

西藏自驾接力活动划分为新藏段和滇藏段，新藏段从叶城出发至拉萨，滇藏段则是由拉萨至丽江。实际上，过了三十里营房我们才真正有了进藏的意识，全线大部分都是荒无人烟的泥土地，进入新藏线后半段，路况就艰难复杂多了。对藏区自驾熟悉的车友应该都深有体会，新藏线可能是几条进藏线路中挑战最大的一条。

穿过红柳滩、多玛、日土、狮泉河，到了旅行者的圣地——圣湖玛旁雍错。

拉萨

"看，彩虹！"队友像发现了新大陆，兴奋地叫着。

彩虹虽美，但天气将变，我赶忙提醒队友："你们看，彩虹附近黑压压的，感觉要有大雨。"

我们研究了一下，如果下大雨前方路况难以判定，最好在湖边短暂休息，一边欣赏美景一边吃点饭，一旦下雨就在这儿稍微停上一阵，正好还能看看雨中的玛旁雍错。

叫作圣湖的地方，都是长得好看的，玛旁雍错也不例外，它的美，有种不可替代的孤独而高傲的神圣感。在西藏，天和路的颜色通常都会有一种衔接，比如蓝莹莹的天空衬托着大地的广袤，又比如茂盛的草场拉扯着遥远的天际，但是这儿不同。当我们置身在玛旁雍错，就立刻有了置身天堂的错觉，好像伸手就能触碰到天上的云朵，应景地说，这应该叫作彩虹天堂吧。

圣湖，像个自由善变的女子，变换着不同风格的模样，把那美丽留在世人的眼眸中；也像成熟忧郁的男子，守护着一方热土，在孤独的成长中向世人呈现着大自然的魅力和包容。

吃过饭，静静地坐在湖边感受吹过脸颊的风和清新的、带着湿度的空气，大雨未至，但也不太可能放晴了，只是云飘的速度越来越快，让这梦，恍如隔世。

在玛旁雍错，我们祈祷平安顺意，祈祷世间安乐。

奔跑的孩子

普兰县的高海拔，让人莫名有种置身红尘之外的幽静。普兰县之行对此次边境行来说意义颇大，普兰县位于三国交界，文化风俗有很多独特之处。

普兰，可能大家听说得不太多，甚至对于越野十多年的我来讲，也只是听说过，并没有来过这个地方。普兰并不像我之前想象的，是一个闭塞而落后的地区，它让我增长了很多见识，让我看到了很多地区贫富之外的、无关发达落后的精神文化。

听当地人讲，这儿非常有名的是一种叫作"孔雀服"的普兰特色服饰，相传有一千多年的历史。据说从头到脚都有一套讲究，佩戴的红珊瑚、蜜蜡、玛瑙、金银、松石等都有造型要求，服饰按照不同的位置，由不同的材质搭配制作，穿着后，伸开手臂就如孔雀开屏般傲气、美丽。当然，遗憾的是，我们并未有幸得见，但由此可见，普兰人对传统民族文化的重视和热爱。

和队友们简单用餐后，我们各自拍起了照片，许多人说，拍那么多照片无非是为使人骄傲的谈资多些证明。当然不是！或者说，摄影对我们而言，是经

普兰县

历的留存，是印证遇见，更是填补自我。

在街中心的不知名广场上，我停住了脚步。

七八个小孩子围着木头和铁丝缠绕的栅栏你追我赶，好不欢乐。这种简单的快乐，更像是我们的童年经历，追着云彩就能跑上好几百米，看个蚂蚁都能半个小时一动不动地蹲在那儿守着。那时候，无论发生什么事，在大人面前，朋友们永远是统一战线，"一致对外"，谁家的玻璃打破了，哪个孩子偷了树上的鸟蛋，偷着买糖果是谁的主意，我们永远站成一排憋住笑，等着大人们骂上几句，然后憋着憋着就被教育哭了，隔上一会儿，就继续不知深浅地淘气起来。那时候，日子真的简单、漫长，好像抓了蜻蜓就能开开心心玩一天，就像眼前的孩子们，奔跑着，无忧无虑。

前边领头的高个子男孩手里拿了一个彩色的自制小风车，被追得直求饶，其余的小朋友没完没了跟着，跑到天都快黑了。

男孩停下脚步，说了几句我听不懂的藏语，其他的孩子乖乖听着，说罢，眼前排起了整齐的队伍，似乎大家都在等待他发号施令，好让风车有序传递到每个人的手中。

扎着两个小辫子的姑娘，把手扬得高高的，第一个接过风车，从栅栏这头跑到巷子口，然后再原路跑回来，几圈下来，十分不舍地把风车交给了下一个个子稍高过她的孩子。

不时地,他们把温暖的目光也投向一旁静静观赏的我。

我用相机记录着这些单纯美好的瞬间,想让一切带有生机的、活泼的事物都在未来的日子里给予我慰藉。

"孩子们,想看看阿姨给你们拍的照片吗?"因为年纪都还不大,估计也不是很懂汉语,我特意向他们招了手,然后另一只手稍微摆动了一下相机。他们蜂拥而至,我直接蹲到地上,给他们翻看照片。

二十岁的青春年少,我们会在生活的拥抱中看到最真实的世界的模样;三十岁的成熟稳重,我们会在奋斗的岁月里读懂最热血的自我力量。但我们终归,都是世界的孩子。愿我们以纯粹之心,在各种各样的奔跑中,长成自己理想的模样,在繁杂世界中勾出韶华依旧的身影。

浪漫七夕——冈仁波齐的夜

在普兰的停留,不仅是观赏边境地区的静谧生活,更是等候着沉淀心境,走向冈仁波齐。

众所周知,冈仁波齐作为神山之王,是一切朝圣者的灵魂所在。八月下旬前往瞻仰,气候正佳,如无意外,我们能看到最清晰的冈仁波齐。

一路行驶到冈仁波齐,穿过温暖稀松的土地,车轮滚满了泥土,几乎每段行进过后的道路,都是深深的沟壑和袒露些许湿气的土剖面,我们似乎都在调整着自己的状态,以创造出一种特殊的仪式感。

冈仁波齐

8月27日到达冈仁波齐的时候,我们看到了大大小小的帐篷和酒店,5月到11月之间,会有很多国内外的旅客慕名而来,这么多住所就不足为奇了。队友已经在山下找好了酒店,但我想在离天最近的地方仰望着星空。"你当真要住车顶帐篷?"队友费解。我给予他肯定的回答。

实际上,我只想更加亲近这个地方,让自己触到内心的虔诚,这才不虚此行。

8月28日七夕之夜,我背着相机,外加两个镜头和必备的食物、水,徒步24公里,到达冈仁波齐神山

之下，住在临时搭建在神山下的帐篷中，度过了有生以来最特别的七夕佳节。

当都市的玫瑰花散落到每个角落，我们为爱而欢乐，当爱普照世界，冈仁波齐的神圣也变得柔情了。

行走日喀则

沿着萨嘎县、拉孜县，驱车直奔日喀则。路况逐渐变好，遇到的车辆也慢慢多了起来，进藏的感觉越来越浓。

日喀则的建筑风格有明显的藏式风情，沿街的商铺即使是出售常规物品，也都带着浓浓的民族特色。日喀则的天和云近乎连为一体，像是青花瓷的平面，有些分不清哪部分才是陪衬，柔美而协调，天的蓝就在白色的云中躲着，云的白，就在蓝天中流动。

"今天就要赶到拉萨，日喀则只能稍微逛一逛了。"这是提前就规划的行程安排，我们又互相重申了一遍，"找有意思的地方拍拍照，大家就集合继续出发吧。"

我绕着日喀则市区转了几条街，人不是很多，虽说是旅游旺季，但是前来的游客断断续续，没有

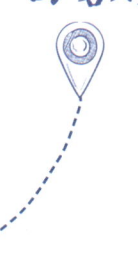

闹市的感觉。当地的人看起来非常悠闲，结伴采购新鲜食材的妇女闲谈着发出阵阵笑声，巷口年头不短的酸奶店里，老师傅摆弄着精巧的立钟，哼着小调。

　　我把车停在了桑珠孜区的山脚，向着小布达拉宫攀登了一段，停下脚步的时候，一抬头就能俯瞰全城了，开阔的视野让日喀则的美扑面而来。这样的小城，好像通往天堂的临时驿站，给人心灵憩的时刻和找寻美的灵感。

　　我心想，要赶在出发前，再多吃些美味的特色小吃，喝几口清爽的酸奶，再多拍些照片留念，然后关上车门，奔往拉萨。

　　今别后藏日喀则，待到闲时再相聚，且昂首云端，望小城之安！

拉萨

9月2日，我们沿西南边境顺利抵达了拉萨市，这同时标志着我们的新藏段正式结束。说真的，拉萨是那种长存"感觉"的地方，能让人从新视觉中发觉出宿命和缘起之意，我们总用"感觉"来形容某种特殊的情绪，比如爱情、归属，拉萨就具有这种酿造"感觉"的功用，进而使人迷恋。

从日喀则赶往拉萨，有种归心似箭要回家的心情，所以一路上翻越颠簸的山路和崎岖不平的沟壑，好像都是不值一提的小事，车轮压过的印迹，在这个九月里装点着藏地的格调，尽管它无须被外物装饰，但我们依然为来过感到自豪。

在拉萨，吃了地道的藏餐，去了布达拉宫和对面人潮涌动的公园，去了人气火爆的大昭寺，独自享受了一个安宁的早餐，也遇见了很多久别重逢的老友，这一趟，一停就是五天，算是边境行至今在单独一个城市里停留时间最长的一次。

曾经一起在赛场上驰骋的老友，在拉萨相遇时都变成了虔诚之客，我们在广场中心席地而坐，聊得

不亦乐乎。被拉萨的朋友热情招待，感受着平凡的拉萨生活，感受着"一切都是最好的安排"。

在一切伟大的事物面前，言词所能表达的，都尽显苍白无力。当我随着欢快的锅庄舞，毫无束缚地跳跃，那轻盈的感觉，让我一瞬间得到了真正的快乐，拥有自由，且拥有充实的灵魂和无坚不摧的体魄。

拉萨四处的灯，带着昏黄的柔情和吸引力，把城市的夜空照得刚刚好。这沉静而使人迷醉的异乡之地，无论我们在它的哪个角落，都能被流散的、来自浓厚地域文化的关怀感化。

在拉萨，我和队友之间好像都没有太多的交流，都是各自漫步，各自瞻仰，各自书自己的悟。

拉萨，让我明朗了自我，洗清尘污、入世而不浊，臣服自然之心化入骨髓，比冒险更重要的是善意。

静谧滇藏

平凡世界

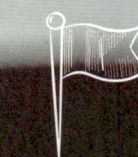

第四章

西藏江南——林芝

在拉萨停留了几日，我们继续边境行的滇藏之旅。僻壤之地，意外的惊喜和惊险不在少数，而我们依旧热血。

一路上我们翻越泥泞的沟壑，在荒芜的旅途中不断遇到插曲式的无名美景，其实在西藏旅行，印证的，正是美景在路上的道理。这个时候的林芝，没有桃花朵朵映红脸，随处可见的是山岭之间茂密葱盛的树木和雅鲁藏布江支流河畔嬉戏的孩子们。

这个被誉为"西藏江南"的地方，不负众望，成了我们的摄影圣地。从早到晚，航拍的队友忙个不停，无论是静雅的夜景，还是壮阔的白日景观，都被航拍器收纳其中，层峦叠嶂，雾气缭绕，漂亮极了！

林芝的夜晚也有精彩。不同于以往接受当地朋友的邀约，这次，我们在游客毡房集中的地方自己开了篝火晚会，前提呢，肯定是要经过别人允许的。篝火架堆得不算高，足够二十来人转开，我们随着草原音乐，群魔乱舞着放松身体，灯光照亮每个人的脸，每张脸上都带着真挚且相逢甚好的笑容。

在林芝，一群陌生的人互相结识，随性的舞姿把自由的氛围烘托到了一个新的状态。篝火映照着岁月激情，轻易就能把欢腾的人照得青春洋溢。

林芝

滇藏的挑战

从拉萨到林芝，海拔持续在三千米以上，并不算很高，所以几乎没人出现高原反应，即便如此，滇藏段的边境自驾依然让我们有些担忧。

滇藏线并不是进藏线路中最艰难的，但也并非简单的事情，很多地段路况都很复杂，尤其在八九月，很有可能遭遇暴雨、泥石流等自然灾害。滇藏线上有很多需要翻山越岭的路段，自驾时需要精神高度集中，且对驾驶技能有着相对高的要求，就算是老司机也可能遭遇意外。

我们预计从林芝出发，途经波密、然乌等地，进入"丙察察"，最后在云南大理结束行程。其中最为艰难的无疑是"丙察察"。关于这段路程，网络上有很多种版本的攻略，而我们的线路略有不同，因为从西藏去云南，实际是反穿"丙察察"。

我们反复确认过制订的路线——谨慎是自驾游必不可少的，因为危险的路况从来不看好那些自命不凡的高傲之徒。从然乌到察隅的前段相对平坦，预计问题不大，但是后段路况不佳，先是曲曲折折的盘山路，海拔落差逐渐拉大，再是察隅县的峡谷区地形，

这些需要在驾驶过程中特别注意，我们在地图上画了重点标记。

接下来是反穿"丙察察"，以察隅、察瓦龙、丙中洛三地为标的。察隅，在我国与缅甸、印度三地交界之处，地处深沟茂林之间，地形险峻，赶上阴雨天气路况会更艰难。

滇藏线景色新奇，奇山峻岭、大江并流、野生湖泊、草原之巅，都是不错的看点，但是美景之中危险丛生，松动的泥土、沟壑陷地、急弯盘山路，都是我们不可忽视的挑战点。

大部分队友没有走过滇藏线，对这段路充满了想象和好奇，挑战自我的神经在每个人的身体中跳动，他们说："怕倒不至于，可别白激动一场！"

小小客栈

在这个小客栈,人是甘愿足不出户的。

客栈在巴卡村,依山傍水,被不规则的栅栏简单圈了起来,门口挂着一个客栈牌子,院子里有条"T"字形的路,院子靠近房门的地方,是一大片园子,种满了各种各样的蔬菜。客栈外还没观摩完,就被引着,顺着铺好的曲径进了客栈大厅,别具一格的藏式内景,使人眼前一亮。

藏式的长条座椅在进门处，上面盖着花纹讲究的布罩子，茶几和四周的墙壁都是偏深的原木色，上了釉，格外亮堂。窗户开得很大，窗台摆了新鲜的格桑和盆栽绿植，微风滑过，也顺便撩动了屋子里这些小生命，充满意趣。

大厅中间被一个体积不小的藏式灶台占据着，不同材质、体积的锅碗瓢盆摆在锅边，等待灶火的温度。灶台看起来大气、雅致，设计非常独特，从四腿底座，到墙壁上一体的金属板材，每个细节之处都雕刻了不同的纹饰，即使满屋都铺了木质的地板，也丝毫没有因为灶台的存在而有变污的迹象。

掌柜是我多年的老友，见面少不了热情的拥抱。她气质特别且纯朴，她善意含蓄的微笑和精致的装扮彰显着藏族女子独特的魅力。

"最开始没有开客栈的想法,只是很多骑友、车队的人路过的时候来吃饭、借宿。"她说,"时间长了,大家都催着我弄个客栈,要不然周围这么好的环境,就只有我们当地人欣赏,其实挺可惜的。"

确实,客栈就是上天的赐予,在路上的人们需要这样的停歇之地。

在掌柜的带领下,我们到了客栈下方的小湖旁,蓝天碧波,盈盈湖水荡漾着秋色之美,多想永远在这样的意境中存活啊,想想都觉得奢侈。

筐子里,是我们一同采摘的野花,她把哈达挂在我们的脖子上告别,我给了她一个大大的拥抱,用温热的肢体语言告诉她,即使江湖不再见,也会一生留恋。

被困"丙察察"

从然乌向东南方向行进，直奔察隅县、察瓦龙。

这段路惊险难行，窄极了，两侧没有护栏，从半山腰往上爬，都不敢回头看走过的路，害怕失了前进的勇气。下山之时，又有种骑虎难下的尴尬，很多急坡都是直冲下来的，还好一路还算顺利，但到了察瓦龙附近，还是遇到了突发状况。

察瓦龙附近山区发生了山体滑坡，虽然没有人员伤亡，但是相关部门考虑到安全问题，暂时封闭了路段，一时半会儿我们肯定是不能通过了。

邻近的村民三五成群特意在此等候路人，阻止试图冒险通过的人。

山路狭窄崎岖，路面距离山顶还有一定的高度，我们甚至看不到顺坡而下的水流究竟来自哪里。在雨季，这种事基本属于常见现象，但是被阻挡了去路，还是心里有些憋屈，无奈之下，我们只得在目若村暂住，等到能通行的时候再起程了。

"老板，雨季这种断路情况很多，你们有急事怎么办？"担心路段禁止通行的时间太长，我琢磨着寻些实用的办法。

"一般骑摩托多一点。"老板继续嘱咐说，"摩托车比较小，灵活一些，这附近的路都非常危险，万一陷进泥土地，摩托车也是能抬得动的。"

"这种天气有人开车到附近的山林里吗？"我总是想再尝试一下，哪怕有一个人那样做了，我都愿意挑战看看。

老板有些犹豫："我可不建议你们去，路面上除了摩托车就是修路的大车，不过，有还是有的。非要去的话，自己提前看好天气，下雨天还非得逞能，就是给人民群众找麻烦了。"

队友们眺望着远处滑坡的路，都在期盼着早点通路，我却暗暗欣喜，终于可以在边陲小镇的神秘山林中冒险了。

梅里雪山

9月12日，被困察瓦龙的第二天，我们去了藏区又一颇负盛名的神山——梅里雪山。

飙到梅里雪山，海拔直上五千米，驾驶的状态也变得不稳定了，车里断断续续都是我们深呼吸的声音，慢慢吐气才不至于使呼吸急促或心慌。

刚走了不久，路就被迷雾笼罩了起来，能见度太低，我们只好压低车速，在迷雾中晃晃悠悠怯懦行进，对"迷茫"有了更具化的认知，还真是迷迷糊糊、朦朦胧胧的。

道路被碾压得稍微平整了些，但盘山弯道依旧没有护栏，因为是雪山群，从小段路看过去，就像是到了路的尽头之处，转过半个车身，会有些冲进隔壁山道的错觉，但每段路，我们都感到了神山召唤的魔力。

天是深蓝色的，严肃中带着沉稳，大概是冷的缘故，这种景观的感官享受来自神圣的距离感，云朵不在空中飘浮转动，反而落到了我们眼下，但云总是飘浮在群山之间，无论我们站多高，也定是触

摸不到的。

梅里雪山的美，气势磅礴，让人敬畏。

温度虽还没有低到影响正常的拍摄，但是航拍就有些困难了。在这么高的海拔，风向复杂，航拍器稳定性差，不容易操作，即便如此，队友们还是坚持不懈地拍摄了很多雪山群的震撼景观。把我们感受到的，也希望分享给更多的人，这是我们一贯的职业理想和信念。

我们守着突如其来的彩虹，在它消逝之前，等来了晚霞。刚刚还气势恢宏的天，被迅速染成了粉色，亮处还有明亮的黄色光芒，一路的惊险，都在此刻归于平静了。

下山的时候，耳朵因海拔的迅速下降感到堵塞，除了车子的颠簸声，我们几乎听不到谁说了什么，此刻，我们更愿意无言相对，各自慢慢消化梅里雪山的馈赠。

梅里雪山的美，用队友的玩笑话来说，便是"没理"雪山，上天赐予的美，美到没道理！被困之时，不虚此行。

临时变线

9月13日下午接到通知说丙察察线这几天基本没有通行的可能，被困三天的队友们一个个很烦躁，都想尽快离开这里，所以我们决定临时改变边境行的线路，连夜驱车北上，走最难走的察左线，走到哪里算哪里，困了就扎营休息。

改变路线，也受了梅里雪山之行的影响，既然知道北线还有如画的风景等待我们揭秘，就稍稍绕一下，哪怕只是短暂停留，也能满足我们的探索欲望。

察左线的难是无法形容的，更何况夜间行驶。这一路几乎没有其他车辆通行。往前过了无名河，夜半也能听到清脆的流水声，我们不敢停下来休息，因为并没有相对安全的停车地带。

下午三点多从察瓦龙出发北上，一刻都没有休息。月明时分，我们还在路上奔驰，车子好像被别人驾驶着，我的头脑有些麻木了，开了太久的车，手脚不听使唤，罢工休息了。

即便麻木，也被夜的恐惧和惊险的路况阻挠着不敢怠慢。在路况极差的察左线，山连着山，接连不断的盘山路，一个不小心，就可能跌入山谷丧命。

左贡

察隅

车轮碾压过的山路有哗啦啦的石头掉落的声音，稍微看不准，车子就会侧滑，在安静的夜里，山谷中回荡着不知名的动物叫声，总之，一切猜不透的和看得清的危险都让我们异常冷静。冰冷的夜路，手心时常冒出冷汗，我总是趁着稍微平坦的路段把汗水抹到裤子上，不敢喝水，不敢停，音乐也成了禁忌。

　　凌晨四点，在黎明的前夕，我们最先捕捉到了黑暗中的幽静之美，夜空深邃，繁星点点，我们沉醉得不能自拔。

从察隅到达左贡，有十几个小时的车程，到达时天快亮了，休息了几个小时，顺便补给物资，然后匆匆离开了。安静的小城里，似乎没人关注到我们这样的冒险者，像风一般，悄悄地来，又悄悄地离开了。

飞来寺里赏人间

到达飞来寺时,已经是下午了,经历了长时间的驾驶,所有人都疲惫不堪。

寺庙,通常是年岁越大,越发人气旺盛,而游客,大多只是前来看看这座历史悠久的老寺庙究竟有何魅力、外景如何、建造有什么独特之类,抑或纯粹想等着见一见日落金山的场景。

拍到日落金山或许可以向朋友炫耀许久,但在宁静而祥和的飞来寺,我们只想慢慢观赏这纯粹的人间烟火。

夜间,雪上银河在眼前揭开序幕,我们都看傻眼了,无声大美,让人深感万物皆为尘埃,唯有虔诚敬畏大地。而众人画出的人间,可称之为天堂,只因人间能容万物,可化人心。

飞来之寺天上来,行于微处赏人间。

香格里拉的界限

名为天堂之处，才敢称为香格里拉。

可能还沉浸在飞来寺的静谧之中，也可能是我对各地的寺院有着特殊的喜好，到了香格里拉，直接就奔着大佛寺去了。

远山静湖相伴，近处得觅新友。在香格里拉的大佛寺，结识了一位谈吐举止不凡的青年格桑酷哥。听其言谈，就可发觉其优秀之处，当然，这种优秀之处表现得并不张扬，只让人觉得沉稳、优雅。

俯瞰古城，寺庙的光辉洒在高海拔的温热土地上，有种尘埃落定的镜头感，梵音绕耳，茫茫人流，把这地域变得异常温和、异常纯粹。

大多时候，在路上是一种倾听的状态，自己的身上发生了什么值得讲述的，每每都是旁人问起或兴致合适的时候才愿多言。相比于此，倾听是我最为乐意的，无论结识了什么类型的朋友，最后能称之为友的，大抵性情豪爽。与格桑酷哥相遇，感受到新时代里新的青年都是以更好的环境、更好的资源为基石，奋斗成更好的一代人。想到此，瞬间有了感恩和平、感恩国之昌盛的赞叹。

香格里拉有很多著名的景点，又个个别具一格，不得不提的就是神湖拉姆央措了，湖面静雅别致，并无磅礴大气的汹涌之势，而是恬静安泰的好地方。拂风而坐，听着虔诚之人可见前世今生的传说，好像自然间，香格里拉和外界就有了界限，将自己放在这界限之内，平和而安宁。

在永恒的时光隧道中，我们不得穿越古今，只可感受当下的生活，在香格里拉，却有了不同的感受。起伏的山峦和飘忽不定的云，沉静的流水和清爽人心的风，不在远方，只在此时此景之中，只在此地此心之上。

关于西藏段

1 选好时机。无论哪条进藏的路线,如果选择不好时机,会造成两大难题:一是道路不通或者路况难上加难,另一方面,景观上可能差别比较大。通常来说,有经验的车友或骑友都熟知,进藏的最佳时间在每年的五月到九月,温度基本在0℃以上。当然,你无须担忧在此期间雪山融化,高海拔之地的雪山大部分是常年积存、随时观赏的。

2 做好身体检查。尤其是检查心肺功能,如果不适宜高海拔缺氧,要做好放弃的准备。当然,有些身体不足是可以通过阶段性训练改善的,一定要谨遵医嘱,安全第一。

3 应对高原反应。即使身体看起来非常结实，也未必能适应高海拔，所以，我们的原则是对于任何高原反应的准备措施一定到位。首先是备好高原反应的药物，真正高原反应的时候，药物虽然不一定能立刻生效，但至少可以快速缓解症状，首次进藏必备。有些车友怀侥幸心理，总觉得可以到了藏区感觉不舒服了再购买，提前奉劝，各地区距离远，有些偏远地区以常住居民为主，可能压根不卖高原反应的药物。其次，应对高原反应要注意保暖，不要感冒，忌过度劳累，突发性身体不适，无论症状是否明显都要引起足够重视。最后，还可以对预定线路中的医疗点做好备注，有时候不仅可以帮助自己，也能帮助其他人。

4 规划路线，结伴同游。要在西藏痛快地玩一阵子，依靠一个人的力量不是完全不可行，但是非专业人士、经验不足者，要谨慎出行。独自一人在西藏的旷野中行进，有车护体也是恐惧倍增的，万一路线规划有误或索性毫无规划，赶上夜路是非常危险的，诸如"死人沟"地带之类。除此，线路规划是先决条件，规划好，才不至于走过很远才发觉好玩的地方都让自己错过了。

5 保存体能，注意饮食。特色美食虽多，但是路上必须带些能量较高的食物饮品，以维持体能。

安全驾驶才能确保旅途顺畅。进藏路线通常比较危险，尤其海拔差异带来的暂时性身体不适可能使驾驶变得更加困难；翻山越岭是西藏自驾的常态，因此要合理安排休息时间，注意弯道处车速的把控；车辆检查要及时，对于刹车灵敏度检查、随车的检修工具检查、车顶帐篷以及底盘、轮胎的检查，都应保持谨慎态度，切勿大意造成驾驶不便甚至是危险行车。

国之西南

静止的时光

第五章

行走的意义

不管经历了多少泥泞和颠簸,在我们眼里,只要是回家的路,皆为坦途。匆匆忙忙为自己的理想出发,又匆匆忙忙回家短暂休整,这次边境行,让我发现了另一个自己。

坚持越野十多年,在这次回家的途中才真正悟出行走的意义,纵使梦想繁花似锦,倘若没有爱的积淀,没有情感的孕育陪护,那满园春色的梦想乐园,也不过是一瞬的欢愉。

边境行转眼就进行到一半了,我的期待也与日俱增,好像有了爱的庇佑,随时起程都不在话下,在家短短几天休息,力量倍增,相信面对接下来的困难我也能够勇气十足。

车轮的速度再快,也赶不上时间的变换。老公和儿子有了适当的心理建设,基本不会因为我工作离家而烦恼,甚至对此无比支持,但是父母不同,他们对我所做的事,一知半解,难免担忧。换个角度来说,是我更加渴望他们的陪伴,害怕岁月慢慢让他们没有能力走出家门，没有勇气看外面的世界。

带上父母吧。

我思前想后，在边境行继续出发前下了这样的决心。想起父母的叮嘱，总是心疼，我总是来不及耐心地解释自己为了什么、在做着什么事，也总是不屑于在父母面前像朋友般无话不谈，因为心中总是想忘了自己是个孩子，想尽可能在他们面前像个真正的大人，让他们生活无忧、安享晚年。

子女的责任经常被我们混淆，父母希望尽量参与到我们的生活中，知道我们的难处，看到我们的幸福，而我们只是想当然地替他们做主。但是他们究竟想要什么呢，我们从不在意，眼下，我倒是明白了

些，父母大概希望用我们孝敬的钱，买细碎时光里的陪伴吧。

父母年迈，真的让人想去和时间好好较量一番，希望自己像个战士一样，为父母的长命百岁与老天斗一斗。

收拾好行装，和父母一起踏上接下来的边境之旅，用亲情的力量，向有限的生命宣战！

苍山洱海白云间

古城落山边，洱水伴人间，街头弄巷，酒家来客醉声唱。对于这次起程的首站的旅行地，期待还是有的。9月21日，从兰州抵达丽江，朋友们闻讯一早就安排好了接待，因为父母同行，显得更隆重了。

如果是一人独行，大多数情况下我会选择在轻松舒适的场合里和朋友相聚聊天，此次，因为父母的到来，场面隆重了不少。七八个人陪同着饱食大餐，热情的招待让父母十分开心，他们脸上的喜悦，真切地告诉我不虚此行！

第二天一大早，吃了早饭就匆忙上路了，老人家总是夜里睡得少些，所以一早上，还带着那种睡意未解的疲惫，我一再询问是否需要再休息一会儿，他们总是连声拒绝。

"一大早的，精神着呢！快走吧。"母亲拉着我往外走。

父母在身边，总有种别样的喜悦。

我们先是到了大理古城。苍山洱海映衬着古

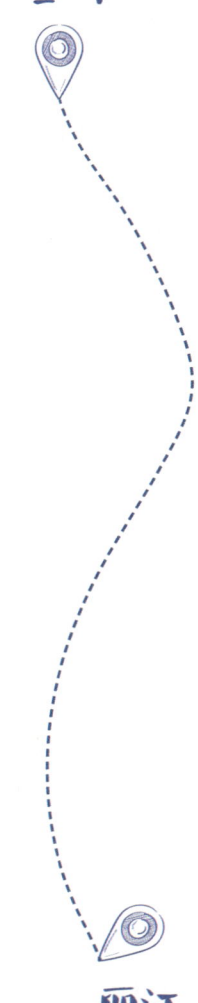

城，给人一种无比悠闲恬淡的舒适感。从不在父母面前撒娇的我，顺手挽起了他们的胳膊，在川流不息的人群中吵闹着去各色的小店里"寻宝"，摆弄新奇的玩意儿，品尝特色小吃，我们成了那日大理古城的一份热闹，为自己，也为别人平添了某种生活的趣味。

绕着古城四处转悠，寻访上千年的文化印迹，高耸的五华楼把人瞬间衬得渺小，诚然，在壮丽的建筑物前，在大自然的恢宏气势前，我们何时高大过呢？

逛了古城，按旅行"套餐"，顺道去赏了洱海苍山。

洱海的水，在当地人眼中是水产丰富的美食恩赐，而在我们这样的游客眼里，更多是冲着"洱海月"的盛名而来。尽管对于自然景观之美已了然于心，我们还是不断奔走着来一睹它的风采，在洱海，我们从来不曾停止期盼——对于宁静生活的渴望，对于自由的憧憬。

高原湖泊映着别致的景色，苍山显出巍峨之势，像一道天然屏障挡住了人们来去自由的路途。风吹得那样安静，我默默跟在父母的后头，任他们选择哪一条路、哪一个方向。

不知什么时候，父亲悄悄拉起了母亲的手，两人低声耳语，时而就是一阵欢快的笑声。

小舟游荡，碧波微动，我闭上眼睛，感受着微风拂面，感叹着大理之美。苍山的雄伟壮观和包容像坚实有力的臂膀，将温良的大地子民和温柔的洱海之水揽入怀中。

这里让人有种倾心而不敢亵玩的感觉，路过的茶香引人逗留，向往的生活在这里有了轮廓，生活的美好和生命的无限可能于无声中潜入心底。

苍山洱海白云间，生有所乐，笑有所伴，才是真正的"天上人间"。

走，去临沧吃茶

从大理到临沧，我们驾车大约用了五个小时。一路上，父母像是忽略了我的存在，总是互相询问对方是否安好，即便没有我在一旁唠叨着提醒他们喝水、补充能量，他们自己也都把一切安排得妥妥当当的了。出乎意料的是，一路上他们状态都非常好，看不出一丝疲惫辛劳，这让我深感慰藉。

临沧四季如春，是云南普洱茶三大产区之一，吸引着远方的人来旅游，来商议干果买卖，来品茶。

我们一行，便是顺道来品茶的。

有人说，不到临沧，那算是白来云南了。临沧地域特色鲜明，既能展示古丝绸之路的神秘，又能展现某种鲜活而具有时代特色的新容貌。

如今，喝茶成了现代人养生仿古的一种流行趋势，养生无须多说，说仿古，是一定有的。网上有段子调侃，说南方人喝茶，谈正经事，北方人饮酒，吹牛闲谈。

品茗说到底是消除浮躁，净化内心的过程。我们寻了一处安静的街头茶铺，围坐在方方正正的小茶桌周围，安静地等待一杯清茶，等待着茶水解除我们

行在路上的疲乏。

我们途经的临沧，随处可见高矮相间的茶园和大片低矮的云，那些在梯田中忙碌的人，歇空的时候，都是摘下帽子望着远处的绿，望着天的蓝，感受那一瞬的美好。

在临沧的短暂休息，让我们感受到了不同的旅行意义——有时候，某种我们追求的生活方式可能近在眼前，更有可能，我们所追求的只是不断奋勇向前追逐的精神，这也是我一直所信仰的行走的意义、自由的价值与发掘生命的价值。

在此之前，父母总是担心我时常外出的安全

性，甚至对我一个女儿身喜爱越野旅行感到匪夷所思，可当下，他们却是有了很多感慨和理解，从他们的言语中，我甚至感到了支持。只能说，带着父母旅行，是多么明智的决定呀。

西双版纳的节奏

西双版纳在云南最南端，很多人称它为"没有冬天的热土"，因为地处北回归线，当地保存了非常壮观的热带雨林景观，无论是动物资源、植物资源，还是具有悠久历史的傣族文化，都使得这片大自然偏爱之地，成了受人追捧的"香饽饽"。

西双版纳与缅甸和老挝接壤，又是傣族文化发展繁荣的城市，从城市建设的细节之处就能感受到它的独特魅力。到了西双版纳，老友燕子姐热情地带我们游玩了著名的大金塔，风格浓郁的泰式建筑和匠心独具的装饰物，让大金塔四处都散发着威严而神圣的气息。

逛完后，我们吃了新鲜水果和香味四溢的菠萝饭。饭后，夜幕低垂，商量着把父母送回酒店早早休息以便第二天能够精神抖擞地去森林公园游玩。我呢，也可以完完全全按自己的喜好去体验西双版纳的"夜生活"了。

根据朋友的建议，我来到了西双版纳有名的夜市——金沙滩。这个紧紧靠着澜沧江畔的夜市，不仅

聚集了很多买卖人,还吸引了很多前来观赏风景的人,灯火通明,色彩斑斓。外地来的游客,大多数喜欢走走停停,拍照记录下那些带不走的美食和风景,记录下带不走的快乐。

突然意识到,光顾着游玩,摄影任务落下了不少,于是晚上十一点多,我又起身去了大金塔拍照。为了拍出不被花花绿绿灯光影响的大金塔(据说夜间十二点周边会统一熄灯),我耗到了夜里两点,可是能怎么办呢,谁叫我热爱摄影!

边陲之美——在河口

驱车六百多公里，从西双版纳东行至红河哈尼族彝族自治州的河口口岸。河口口岸是中越边境段上有名的口岸，可由于行程安排紧凑，并且天气炎热，我们计划只做短暂停留。

按照地理情况来说，河口应该属于云南地形的最低点，森林密布，再加上降雨多、湿度高，云山雾绕，层峦叠嶂，引人入胜。

河口与越南仅一河之隔，作为边境口岸，贸易往来频繁，热闹非凡。"肠胃不好，少吃点水果"，母亲在水果摊前仔细挑选着，父亲则不停地从旁叮嘱。

"买吧，吃不了有我呢。"看着眼前新鲜的菠萝、荔枝、山竹、柠檬、百香果汁肉饱满的样子，我可不忍心挫了母亲的好兴致。

傍晚时分，带着父母吃了一顿丰盛的晚餐，舟车劳顿，他们也从未有过半句抱怨。看着他们大口大口地吃饭，我就放了一大半的心，希望他们永远能像此时此刻，心情舒畅，食欲满满。

在河口的时候，母亲的言语中总是透露出些许不舍,可想而知,她大概是觉得自己老了,很多新鲜的事物、遥远的城镇,以后可能不会再重逢。哪怕再能如这般游逛在祖国的大江南北,也不会像现在一样,看得细致,玩得肆意。所以我也总希望陪伴他们在外边的时间多一些,但又担心父母的身体不像年轻人一般健壮,总是违背他们的本愿,从旁催促着按时休息,总之,内心经常纠结至极。

河口的夜是非常美丽的,边陲之地的静和闹,都近乎极端,随着人潮退去,我们又得空欣赏了一份夜间的凉爽和安静。顺着一条路感慨万千,多么希望,自己能够陪着父母走到幸福的尽头。

四十岁的阿姨

从老街到南溪镇进行边检,继续行程,9月27日,我们到达了广西百色。

边检的时候,有一个小插曲。

"那个四十多岁的阿姨,带着两个七十多岁的老人在中国边境自驾,太厉害了。"某边检战士在同战友兴奋地说着这些话,不巧被隔壁"四十多岁的阿姨"听到了。按理说,别人有敬佩之意,或称作羡慕,我起码该暗喜一阵,可是耳边始终回荡着那句"四十多岁的阿姨"。小伙子,年龄是问题吗?真是被气笑。

从南溪镇一路东行,八九个小时的车程,父母已经很累了,我们便在百色临时住了一晚。父母有早起的习惯,我也不能总是拖后腿,伴着早晨还算凉爽的风,我们向南宁进发。

在南宁,好友翰林在万象城热情地接待了我们。饱食一餐后,就匆忙前行了,28日,我们顺利到达深圳,也到达我的另一个家——中沙特旅深圳分公司。

"勇者的征程·欢迎玉儿回家"——大家特别

老街

南溪镇

百色

安排了这样的见面方式，像是让我遇见了一个别人眼中的自己。在我眼中，所谓的勇者征程，不是赞誉自我的胆识，而是环中国边境行活动的价值昭示，敢于行动、敢于启动征程的每一个人，都是无敌勇者！在短暂的相会中，我与大家分享了这次边境行的感受，对于他们的鼓励和支持，心中倍觉感动。志同道合的人，更能聊得畅快，感谢一路相伴的伙伴让我发现行走的更多价值。

西南段的边境行结束了，和父母同行，用心之处更多，感触也更多。无比感谢父母对我四十余年的培养。他们的生活智慧已潜移默化驻扎在我的心头，成了我无限追求自我价值的动力源泉。

所以，四十岁，又怎么样呢？人生可能没有几个四十岁，但也并不是所有人，都能在四十岁的年纪里找到归属和意义。我们任谁，也不能"觉得老了"，因为在生命的长度上体会不来的，都能够在其宽度的开拓中，得以理解。

关于西南边境

用一句话来形容西南线路的无限风光：万般风情千般险。村落散落在层峦叠嶂间，有市井喧嚣人欢闹的场景，有万树丛中花静开的静谧。在西南边境线，我看到了祖国的开放和包容，看到了祖国的发展与壮大！

关于西南边境的自驾，要聚焦在山路这个因素上。西南边境山路居多，尽管风景秀丽，但是路况非常复杂。尤其在夏天，雨季来临，非常容易出现塌方、泥石流等意外状况，因此要多加注意。在此，对于西南边境自驾，做出以下简要建议。

1 提前调查天气情况，雨季做好安全防护准备。提前学习应对泥石流、滑坡等意外状况的技能，最大限度确保安全。例如准备充足的水、食物以及燃料等，出现问题及时求助，耐心等待，并听从现场指挥；在山路崎岖的西南地带，需要特别注意安全停车位的选择，不要选择在土质松散的坡地或者危险的崖壁等地停车休息，切勿冒险。

2 从治安、自驾许可等角度，最好不要选择经过人烟过于稀少的地方，因为尽管边防守护严格，也难免有意外情况发生。

3 提前安排住宿和门票，需要购买门票的要提前预订，以避免门票售罄等尴尬情况。

4 气温气候差别,注意夏季日常防晒防雨。西南地区大部分为亚热带,天气变化快,不能依靠肉眼判断,要随车配置防雨防晒物品,以免在自驾过程中遇到危险。

5 尊重当地习俗。除此之外,重提地形复杂,山路陡峭,在旅途中休息或者摄影的过程中,要避开峭壁、水边等危险地带。

带着父母游边境

带着父母去旅行，是一件非常冒险的事情，如果是到处走走的短途行，倒也乐在其中，但是边境行长途跋涉，并且困难重重，万事难以想象，一旦父母身体不适应这种强度，很可能出现各种突发事件，而我计划中的时间和线路也有被打破的可能。但我总觉得，也许这将是唯一带着父母行走祖国大江南北的机会了，再往后，他们身体真的可能吃不消。所以，再困难，我也想做好万全的准备，去试试看！

可野在后期对我带着父母环边境行的部分做了专题采访，与平日在路上的时候一样，是通信对话的方式，简单、即兴且真情实感。原想，一肚子的话，即使羞于表达，也要在互相陪伴的旅行中用行动传递给他们，现在，倒是要痛快地说一说了。

这段采访是在边境行完成后进行的，结束时，父母已经陪我绕过了大半个中国，从云南丽江到天津，再经山西回兰州。有感而发，想摘录其中的对话，以表达"父母年迈，却依然被我拉上旅途"的真实想法。

可野：为什么带父母一起去旅行呢？

我：我们每个人在长大后好像都很忙，忙着自己的理想，忙着谈恋爱，忙着赚钱，买房买车，希望自己过上想要的生活、更自由的生活。可是，总有一天，你转身会发现我们的父母真的老了，而且一天比一天更苍老。确实发现这个问题的时候，很吃惊。

这次"可野·环中国边境行"的活动，开车到云南休整时，我便把父母从兰州接过来，其实这次"环行中国"最令我欣慰的就是有机会带着父母走了大半个中国。

可野：带他们旅行，事先要解决什么样的问题？

我：我父母已经七十多岁了，所以路上的安全、健康问题是第一位的，要考虑气候和吃住的问题。从云南到天津，一路气候和路况都比较好，吃住也十分方便。住宿的话，几乎都是当地最好的酒店，相对来说更舒适，让父母在行程中不至于太疲惫。我自己出来的话，不管什么条件都可以接受，但是带着父母，我想尽力给他们最好的。

参加旅行团，虽然轻松一点儿，但与父母没有太多互动交流，一切都是被安排好的，而自驾游则不一样，我带着他们一起做一件事，从一个地方抵达另一个地方，仿佛小时候，他们带着小小的我，去看世界。

这次他们一路上精神和身体状况都非常好，在他们的身体允许的情况下，我还是会选择自驾游。

可野：旅行中最开心的时刻？

我：旅行中最开心的时刻，就是看见父母笑，他们的脸上有皱纹，眼里有慈爱。我母亲的腿不太好，到酒店以后，我爸就会主动给我妈按摩，然后我妈就给我爸洗衣服之类的，他俩一路上互相帮忙，我就只做女儿和兼职司机。

有时候，看着他们在那里忙活，平凡琐碎，却弥足美好。

可野：通过这次旅行，会有哪些新收获？

我：我有很长一段时间没有跟父母一起待这么久，甚至都想不起来，从什么时候，我们走得越来越远。这一个月，跟父母形影不离地在一起旅行，是我最大的收获。我放下生活给我的一切，只做一个女儿，只陪他们慢慢变老。

父母真的老了，有了很多老年人的特征，他们的背弯下去，说话变得缓慢，他们嗜睡，怀念过去遥远的人和事。在这之前，你并没有觉得，他们老得这么快，面对这些，我最初甚至不能接受，他们怎么会老呢？

但事实上，人都会老去的，我只是想，在今后，还要多带他们走走。

至此，感念可野团队的信任和环边境行，如果说行走的价值在于发现和感受，那么我已然在感受中得到了某种明示和感悟。时光的轨迹像蔓藤攀爬在每个人的生活中，衣物的颜色不再明亮鲜艳，肥皂用到快要断裂的薄度，皱纹在脸上傲慢地伸展着肢体。我看到了，用心看到了这一切真切地发生，看到了自己真正想要留住、珍视的东西。

千里之行

广州是环中国边境行东部沿海线路真正意义上的首发站。本打算在深圳同朋友们小聚的，可是近在广州的表姐一家早早就发出了家宴邀约，于是我便驾车载着父母直奔广州了。

广州

说起来，家里的亲戚数目也算庞大，也散布在祖国的大江南北。很多时候，有些亲戚并不能常常相见，相约游玩聚会，但是无论在何时何地，有了相聚的机缘就都兴奋得不行。大家庭的好处就是，其乐融融，彼此相爱，任何大事面前，我们能够同心协力、共同承担。最早，是父母教会了我这些道理，也正是这些道理，让我体会到了家庭的重要性，让我不断反思如何做一个更加完美的家庭成员。

广州依然风光无限，虽数不清来过多少次，但每次来都被这个多元化的城市所吸引。"小蛮腰"广州塔、中山纪念堂、欧陆风情区、文澜书院、西关古玩城等，这些有名的景点我多少还有些印象。每次来

广州，都会选择在适宜的时候"买买买"，虽然经常犯下女人常犯的"后悔病"，但还是觉得偶尔放肆购物心情会格外好！

还未到餐厅的时候，父母就一路叨念着许多旧事，回忆往事的心情往往非常微妙，好像一边讲述，一边就找到了我们自己年轻时候的模样，尤其老人，是惯于也擅长回忆的。都说，人的一生要有值得讲述的故事，才不算白白过了这一生。我以为，那些面带慈笑微颤而立的老人，最能把故事讲得生动、富于色彩。

表姐一家人在餐厅等候着我们的到来，重逢的第一眼，大家都面带笑颜。四代人列席，人虽不多，但也显得隆重热闹。

"丫头，对面的这位，你该怎么称呼？"大家凑着孩子打趣。

"奶奶。"乖娃娃奶声奶气地回答，声音甜到了我的心坎儿里。

我这个奶奶，虽然年纪跟一般的奶奶相差不小，但爱孩子的心却是没有少半分的，每每看见家中这样小巧可人的孩子，都像是见了春天里的花骨朵儿，充满喜爱和期盼。

家人在一起，似乎有聊不完的话题，就着美味的晚餐，吃到了晚上十点多才散。父母一脸满足，对于漫长旅途中的家人相聚，备感欣慰。父亲说："下一代都长成了，我们该老的也都老了。"说话的时候，他并没有感叹岁月无情的忧愁，反而满脸笑意。我想，这大概是老一辈人对于奉献精神的真实流露吧，把爱和呵护不断分给下一代的孩子，经久不变，只要这些孩子也能活得快乐、有价值，他们就能"功成身退"、安享余生了。

世间有诸多情感，唯有来自家庭的爱，无私无畏，亦无所求。千里之行，感受温暖的亲情，感恩重逢，感恩我们都未曾辜负时光和爱的恩泽。

再观土楼

30日,与父母一同抵达了福建龙岩,到了龙岩,土楼是必须观赏的。

清繁盛景,人文典范,这是我对福建龙岩土楼的印象。土楼像一座历史的围城,把过往镌刻到平凡人的生活起居中,在岁月的长河里,谁也说不清"海棠花"模样的土楼究竟是捆住自由的枷锁,还是固若

龙岩

金汤的城池。土楼有许多说法和讲究，我这个临时的导游，在求知欲极强的父亲面前，成了被动回答的那个。造型有无出处，土楼有过什么流传的典故，历史如何，等等，父亲不停地发问，弄得我心里直发虚，看来，我储备的那点儿游记攻略是远远不够的。

此时，父亲转得不亦乐乎，而母亲却已经汗流浃背，张罗找地方小坐休息了。

"一会儿可以休息"，我和父亲一起否决了母亲的建议，索性也别小坐了，直接去用餐。

我们三人行，凡事都能够互相商量，倒是很少出现意见不统一的时候，即使不站同一队，父亲也总是哄逗着母亲，避免让她不开心。

去吃饭的途中，我补给了一些随身物品。这是我一贯的作风，无论旅途是否购置便利，我都会适当备置，以应对突发状况。

晚饭不是临时决定，而是在旅途出发后就敲定的。侄女和侄女婿家在龙岩，听说我在环行中国，就约着路过的时候聚一聚，谁知，不仅我来了，还带着两位老人家，侄女高兴坏了。

吃海鲜大餐，话儿时趣事，旅途之上重逢亲友，真是幸福。

"下次要是能够留几天，一定带你们好好玩。"侄女婿边吃边表示遗憾。可我和父母倒以为，能够在此亲眼看见他们幸福平安，比什么都

重要。

  驶出龙岩的时候，经常可见碧波荡漾和百态山峦的秀丽风景，才发现还来不及细致品味，便已然与之擦肩而过了。旅途正是如此，不预设开头和结尾，不预想遇见，有缘所见的，就是我们值得感念的。再见啦，福建龙岩，劝自己多多学习，下次再来的时候，成长为一名合格的家庭导游。

厦门的热浪袭击

素有"钢琴之岛"美誉的鼓浪屿是我们此行的重要游览地,虽然有心理准备,厦门的坏天气也超出了预期。

到了鼓浪屿,刚下车,就被一阵热风侵袭得不敢动身了,哪怕是一个笑,都能让脸部流出汗水;一张嘴,像是吃了无色无味的棉花糖,被糊住了嗓子,连说话都变得艰难。

鼓浪屿

上岛的船票真是一票难求,排队早的,也要牢牢蹲守阵地以免错失良机,而我们,算是购票无望了。父母在车里坐不住了,便就近找了稍微凉快点儿的地方吹吹海风,不一会儿,汗水就沾满衣襟。

鼓浪屿上气候宜人、鸟语花香,无奈十一假期的尴尬时期,能去到岛上的人,却是少数。人满为患,实在等得焦躁,我便只能安慰着父母下次专程来游了。父母反过来安慰我,等好节气再来心情更好。

在厦门的好友、青年画家余键,约我到工作室参观。久别重逢,这个执着坚定的画家,依然未改曾经单纯的气质,朴实诚挚。尽管我没有专业的艺术嗅

觉,但在她众多的画中,我不仅看到了雅致和平静,还看到了画里传达的能量。

"送你幅画,看看喜欢吗?"余键小心翼翼拿出一幅画作,递给我。我看得出,对于画,她有无限的热情和对艺术的信仰。

"要送我吗?"我端详着,细细品味,对于这样突如其来的馈赠表示惊讶。

"当然,你看,这画里的女子和你多像。"她回应。

"我哪里有那么美。"看到这画中女子精神奕奕,非常美,我当然自叹不如了。

"美有很多种,但最终都有共通之处,就是让人看了欢喜、舒服。"

这般夸奖从她口中道出,我都有点儿害羞了,但求如她所言,我能练就那样的美。

幸得佳作,心中窃喜,也算扫了游玩不畅的坏心情。

普陀山头待日升

本意是从厦门直接抵沪，但是鼓浪屿之行受阻，再加上路途遥远，父母身心困乏，我临时决定到普陀山去玩一玩。

一到舟山，我立刻去买了朱家尖到普陀山的票，担心旧事重演，让父母劳累。果不其然，早起的鸟儿有虫吃，排队早，购票也顺利多了。

假期的热潮还未退去，人潮涌动的海岸，大概只有夕阳西下，才会在宁静中听到波涛的声音了。昨夜赶路非常辛苦，但我还是兴致满满地期待着天快点儿黑，我好能静静地感受普陀山的禅意和美妙。

旅游旺季总是有很多麻烦事，比如在普陀山，我只能花五星级酒店的费用，带父母一起住宿舍一样的所谓"民宿家庭房"。上岛的时候才勉强能够预订到住宿的地方，想来也是万幸了。

把父母安顿好了，我便独自到海边散步了。夜路驾车的辛苦和随时为父母提心吊胆的忧心劲儿，总算在海风轻拂的瞬间消散殆尽了。

回到住处，父母已经睡下，我简单收拾了一

下，便也入睡了。

夜半三更，父亲打起了呼噜，这对母亲来说估计是日常的"背景音乐"了，在这狭小的空间里打鼾声越发突出，令我无法入睡。闭目养神了好一会儿，我又悄悄起身背上相机准备去海边溜达，不知道等待日出要多久，也不知道，此时的气温如何，所以临行前我特意围上了一条不小的丝巾，以备不时之需。

普陀山的白天沾染了太多的世俗人气，人声鼎沸，反而失了些肃静、雅观，这时候出门等日出，天黑得没有一点亮光，沙滩上一个人影都没有，安安静静的，却是另一番美好的景象。

等了一个多小时，好不容易半空中有了日升的微弱霞光，透着黎明的白，已经有了日升之初的气氛。我拿起相机捕捉眼下的风景，又把三脚架支起来，给自己拍了一些照片。正拍得尽兴，突然落下了雨滴，本要呈现日出美景的海平面，也越发乌黑。见雨势有了明显变大的迹象，我立刻把围巾蒙到头上，然后火速抱着相机返回了住处。

在普陀山没等到满意的日出，可是风景别样出众，父母心情舒畅，玩得痛快，也就无所遗憾了。毕竟日出每日可见，陪伴父母的欢心时刻，并不是每日都有的。

到我们的世界

在普陀山尽兴游玩之后，我们当天就出发到了上海。高速路上依然是拥堵不堪，我们只能耐着性子，走走停停，好不容易到了上海。

上海是我常来的城市，它似乎随时都散发着一种高雅明朗的气息，吸引人探索游览。到了上海，就好像到了另外的家，好友和在此求学的晚辈都静候多时了。

"我大孙子要来了，你就先别出去，问问几点能到。"母亲看我打算出门，突然提醒了一句。

这么大的事我竟然忘了，赶忙拿手机给孩子打了电话。正巧，他已经到了我们入住的酒店。

推开门的一瞬间，感觉父母都开心得快要哭了，看着他们的大孙子长得健壮、阳光帅气，听着他讲述自己的校园趣事，父母眼中流露出无限的欣慰。孩子张罗着让我给他们照一张相，他好留作纪念，说是与父母在上海相见，太难得了。

我自然乐意至极，尽管照片拍摄于酒店里，但还是浓情满满的。父亲总是说，我们口中说的许多事情他们这一代人已经不懂了，过于专业的部分，他们

普陀山

绞尽脑汁也理解不了。

父亲一边说，母亲一边"帮腔"："不懂才好呢，咱们都懂了，年轻人做什么用？"

母亲的一句玩笑让我们集体大笑，这话说得太对了。每一代人都有每一代人的责任，谁也不必去自我苛责，谁也不必羡慕谁，因为我们都在自己所处的年代里，努力奉献了自己的青春、力量，做着当下社会所需要的事情，这便是群体性的重要价值。所以我从前总是跟父母提起，羡慕他们那个年代的纯真、简单，而今，父母却是反过来，羡慕上了我们的"新花样"。只能说明一点，社会在进步中开阔着我们每个人的视野，同时，我们每一代人都是社会的主宰，都

上海

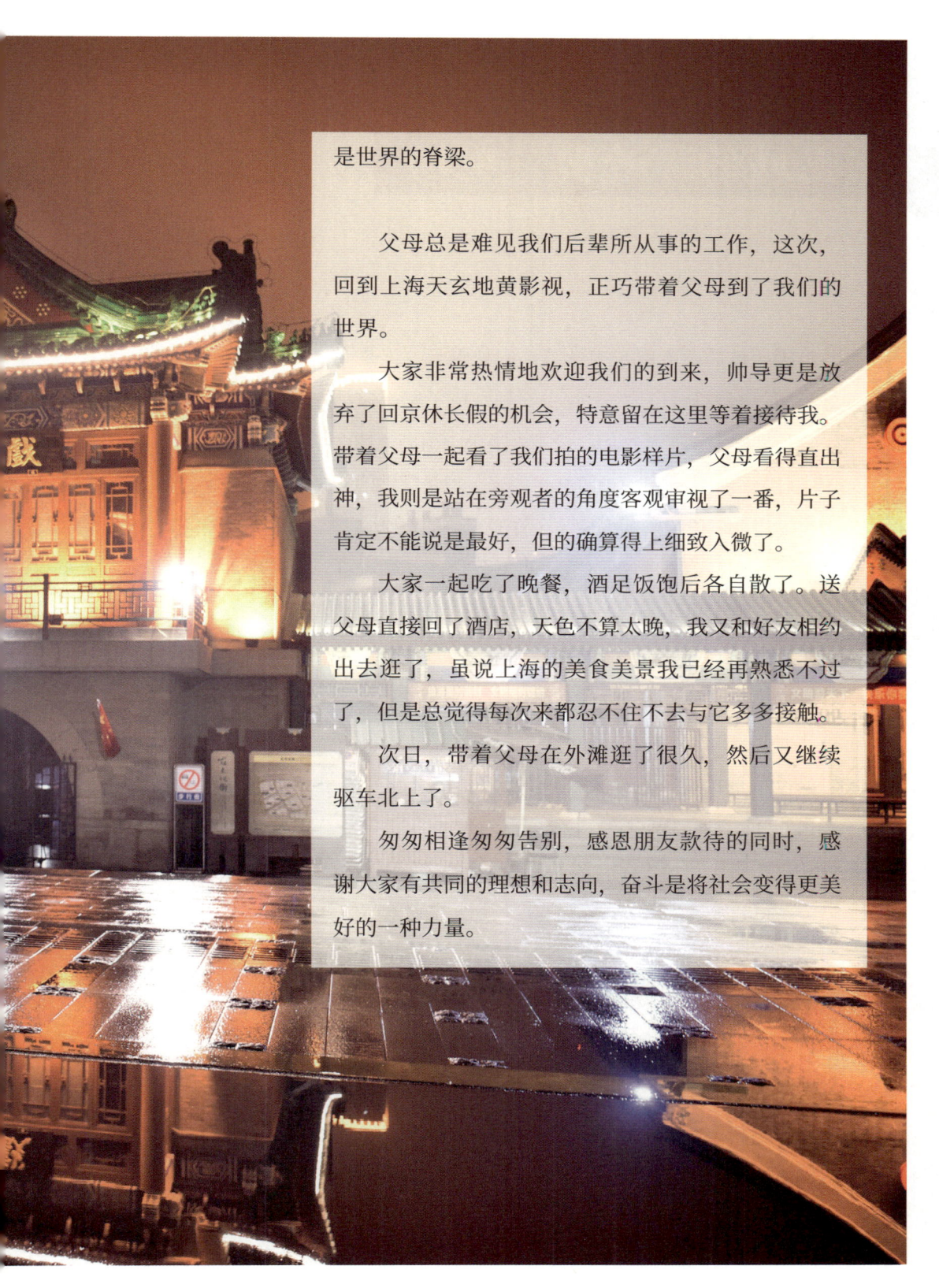

是世界的脊梁。

父母总是难见我们后辈所从事的工作,这次,回到上海天玄地黄影视,正巧带着父母到了我们的世界。

大家非常热情地欢迎我们的到来,帅导更是放弃了回京休长假的机会,特意留在这里等着接待我。带着父母一起看了我们拍的电影样片,父母看得直出神,我则是站在旁观者的角度客观审视了一番,片子肯定不能说是最好,但的确算得上细致入微了。

大家一起吃了晚餐,酒足饭饱后各自散了。送父母直接回了酒店,天色不算太晚,我又和好友相约出去逛了,虽说上海的美食美景我已经再熟悉不过了,但是总觉得每次来都忍不住不去与它多多接触。

次日,带着父母在外滩逛了很久,然后又继续驱车北上了。

匆匆相逢匆匆告别,感恩朋友款待的同时,感谢大家有共同的理想和志向,奋斗是将社会变得更美好的一种力量。

盐城的"吃蟹"现场

国庆过后两天就是中秋节，中秋隔天，又是个好日子。好友庆江，终于此生安顿，成了家。常话说，计划好，不如赶个巧。绕了大半个中国，竟然途中刚好赶上婚礼，虽说抽时间也要来，但是突然的巧合也为见证一段美满姻缘增添了许多缘分的意味。

一时间，我为要参加婚礼却怎么也找不到一件正式的衣服而犯起了愁。好不容易找到合适的衣服，可是在箱底压了太久，有些许褶皱的地方，这可不行，找酒店前台的服务人员帮忙，将衣服熨烫平整，这才放心去参加婚礼。

母亲看我这般认真，忍不住嘲笑了起来："看你紧张的样子，将来儿子娶媳妇了怎么办？"

"哈哈，这可不是一码事。"被母亲这么一句调侃，惹得我笑了半天。

庆江的婚礼，办在江苏盐城的老家，隆重且热闹，到场的亲朋好友们个个喜上眉梢，把最诚挚的祝福送给了这对新人。从早上开始就是各种民俗礼仪，虽说"千里不同风，百里不同俗"，一方水土之上有一方水土的婚嫁习俗，但现今社会，大致的礼仪流程都是相近的，更贴合年轻人追求简洁大方的原则。

婚礼现场，高朋满座，孩子们嬉闹着剥开糖纸互相猜测喜糖的口味，大人们欢颜相视，谈论着新人如何般配。我一路见证了他们的爱情，见证了这份爱情从稚嫩、单纯，到成熟的蜕变过程，看着聚光灯下的两位新人好友，终于在神圣殿堂的见证下组成了美满幸福的家庭，我的内心感觉异常快乐。

好友在众亲友面前深情地致辞，把我们在座的每一个人感动得一塌糊涂。他们的婚纱照，从头到尾几乎都离不了"车"的主题，真的算是把他们的感情

与挚爱之事完美融合到了一起。

　　庆江大概是高兴过了头，流水宴上每每过来敬酒聊天，就总是在催促着让我多吃螃蟹，刚好时节合适，螃蟹都是肥美新鲜的，我也嘴馋地多吃了几个，起码在那之后的两三个月，我都闻不得蟹的味道了。

爸爸的记事本

　　从父母伴随我边境行伊始，父亲便有一个特别的习惯——记日记。今天又到了哪些地方，吃了什么特色美食，发生了什么小故事，都被他仔细记录了下来。

　　岁月蹉跎，人活在世间的光阴里，定有很多值得回味的人和事，会随着年岁增长有所遗忘，日记，就像是一个不会说话的老友，最能看透自己的心事，最能明了自己的情绪。父亲，正是如此看重与我同游的这段边境之旅，才会悉心记录，以备回味之用。

　　我没有看过爸爸的记事本，在家里，我们通常尊重每一个人的隐私，但越是没见过，越是充满好奇。可出来的时间久了，我仿佛能从父亲的眼神里猜测出他的记事本里究竟有些什么内容。

　　边境行这段时间，知道我要开车、摄影，所以父母互相把对方照料得很好。只要有便利的住宿环境，父亲都会重新整理行李箱，母亲则是整理着把换下来的衣物清洗干净，及时晾晒起来。但无论如何，父亲总是一得空，就翻开自己的小本子，挥洒几笔。

许多景致，父亲早就赏过了，大概记录的最大动力就是心情吧，毕竟这样大范围环中国行走，还与我和母亲一起，是头一遭。

我记得自己小时候，老师会在寒暑假留一些写日记的任务，每日无论发生了什么新鲜事，还是平淡无奇的事，同学们都会生拉硬拽编出好多有意思的故事，因为"平淡"，是最难记录的，没人认为老师会在标题为"平淡的一天"之下，给打出一个"优+"的符号。可我每每看父亲写日记，他要么一脸严肃，要么嘴角带笑，想必他的内心对于此次旅行重视无比。

父亲总是把本子放在随身携带的包中，也许在我没见过的时候，他经常拿出来标记些什么。

"爸，偷偷记什么呢，那么认真？"有一天，我忍不住还是向父亲问了一句。

"都说了是偷偷记，怎么可能告诉你。"父亲开起玩笑，总是幽默又犀利，我瞬间就不知道怎么接了，"揭秘"失败是注定了。

"只允许你看一页，随便说个页码看看。"父亲宠我，还是不舍得见我失望。

"38页吧。"我接着说，"反正您觉得我是在八卦，这页码正合适。"

母亲在一旁笑得合不拢嘴，为父亲争辩："哪有38页那么多。"

父亲抬眼，看着我说："看第6页，只给你看第6页。"

我走到父亲跟前，接过本子来看，已经是翻到了约定的那页。说真的，父亲的字，我并没有这样仔细地看过，洋洋洒洒，流畅又不失气魄。我粗略看了一遍，这页写了我们在越南老街的那段旅途，字里行间，没有几句是关于景色的，大部分都在说路况艰难，雨水冲断的树木横在路中，等等。我瞬间鼻子就酸酸的，有股想哭的冲动，父爱如山，我们大概只有抬头才能看得见。

父女之情，总是难以言表，父亲大概是担心稍后会有煽情的画面，绕开看日记的话题。

"嘿,为什么叫我看第6页?"总是不擅长表达对父母的爱,我也特意绕开话题,觉得把感动放在心间就好。

"就是6,哪有什么道理。"父亲敷衍着回答我。

"不是流行说什么'666'吗,6,就是顺利,哈哈。"母亲一语道出玄机,替父亲说出了他真实的想法。

父亲小小的记事本里,装着我们珍贵的旅行记忆,装着对我深沉的爱。万里路,几番艰辛,家人挂念,便也无畏。伟大的父亲,可能在年迈的时候只能做些琐碎的事情享乐了,但无论是多细小的事情里,也都有对我们的爱。

乘风破浪，相伴

旅行有很多种意义，但又或许毫无意义，对于我而言，更多是一种体会自由的方式。因为能够体会到自由的人，更容易学会包容、理解与爱。

10月7日，我们到达青岛。

青岛的风，在十月过后已经算是凉爽了，白天也并不算热，早晚的时候，我们都得披上一件长衫外套保暖。这样看来，青岛之旅，或许能舒畅痛快了！

青岛是一座美丽的城市，这是人们所公认的。优美的海岸线，弥漫的淡淡咸味的空气，迎风挺立的"五月的风"，白帆点点，蔷薇低垂，潮起云涌，海鸥群起。

小长假结束了，青岛的游客浪潮已经消退了一小半，天气适宜，无论如何，我们都要好好玩两天再走了。

青岛的老友繁忙，但一心要招待我们，抽了时间陪我们一起在青岛游玩了半天，非常感动。为了不错过这样好的天气，我便提议带父母出海。父母开心极了，好像一直在等待着旅途中能有什么他们可以玩的"刺激项目"，立刻就应了下来。

为了父母玩得痛快，我这个"晕船专业户"也是拼了。

游艇速度时快时慢，远处像白点一样的帆船，没一会儿就与我们擦身而过了。游艇驶过的地方，两侧浪花飞扬，海面久久不能平静。

父母年岁大了，外出的时候我总会多些担心，时刻关注他们的反应。结果，我被晃得天旋地转，二老却什么事没有，直言太有趣了。这一路，还是第一次出现这种状况，父母"冲锋"，我倒是没办法享受。

母亲见我晕船，便时不时地用手悄悄扶着我，父亲则在一旁谈笑甚欢。

游艇绕了很大的一个圈，眼看快要从海天一线的地方驶出繁华的城市，才折返回来。父亲说，我们这是在乘风破浪。是呀，无论何时，一家人相伴着，走过哪种路途，都有互相依偎的踏实和温暖，这一生，我们注定是要一起经历风雨，享受生活，而我为此备感荣幸！

老友随后安排了一个热情的年轻人带着我们游青岛，崂山景色正好，空气清新，林木葱郁，依山临海，有俯瞰全城的好视角。

父母玩得不亦乐乎，我们又转战开启了品味海鲜之路。海产丰富的青岛，在十月时节，好多美味海鲜都冒了出来，品种多、做法也多，我们美美地享用了一番。

天气转凉了，我和父母，依然在新的旅途中乘风破浪，追寻自由。

雨夜津港

下午从青岛出发北上去天津，到达的时候，已经接近凌晨。猛地开窗想让父母看看窗外的夜景，风裹挟着雨珠吹了进来。凉意袭人，北方的秋天总归来得稍早一些。

父母穿了外套，非要下车在霓虹闪烁的天津夜景下留张合影。边境行的东部沿海段到了天津就结束了，他们表现得比我更加不舍。

天津的雨夜，大多是偏昏黄的色调，就好像是雨中夕阳，让人有一种宁愿淋湿，也要慢悠悠压压马路的兴致。各色的灯光，可要比黄昏单纯的颜色丰富得多，但搭配在一起也是非常和谐的。灯光闪耀着，渗透出一股暖意，好像走过了千山万水的不易，也会有人敞开怀抱等待你融入其中。

夜深了，找了舒适的酒店让父母赶快歇下来，我又是翻了半天的相机，摆弄到了深夜一点才去睡。过两天，就要离开天津回家休整一段时间了，所以盼着次日一早陪父母在天津逛几处著名的景点。

从昨晚开始，雨就没有停过，蒙蒙细雨也生出了不小的寒冷，天不放晴，带父母出去游玩也是难

事。便是又一次"起了大早,赶了晚集",雨慢慢下得更大了,我们一直在大厅中等着雨势渐小的时候再走,愣是等了两个多小时。

大厅放着舒缓的音乐,父母就着那沉醉的劲儿,靠在沙发上睡着了。我没敢惊扰,又怕天冷着凉,轻声唤醒了他们,催促着带他们回房间休息,雨停不了,不如趁此机会缓解疲劳。

大雨哗啦啦地下,声响越发大了起来,我寻思着,既然没能带他们出去玩,等他们醒来以后,也要好好给他们讲讲天津的特色之处,把本该去玩的地

方,一一讲给他们听。从自己熟知的景点开始,我疯狂地在网上查找资料,整理出来备用。

说起天津,我之前也经常喜欢来天津逛逛。可之前来时,也总是顾着吃特色美食或者逛街,没特意对那些叫得上名的景点做多少功课,记住的部分,也都是从朋友处得知。像西开教堂、石家大院、古文化街、天津市博物馆之类的景点对我来说,就不如滨江道熟悉。

赶雨夜的路,并不是什么有意思的事,一般长线自驾,都会选择避开雨夜,所以为了按原定计划时间到达天津,结束东部沿海的边境行线路,我也冒雨进津了。尽管我从不建议身边的人冒雨赶路,然而北京的好友们,就没有那么能听劝的了。

冒着大雨,几个北京好友就开车赶了过来,临走前一晚,他们坚持请我和父母吃了顿晚饭,说是务必庆祝。这种友谊,混着换季的雨,很自然地融入我的心里,好像人生因为一些人的相伴变得温暖。见过了多少名川大山,也终归有许多人事,是不会改变的,那种坚定,就是我们在追求自由人生的时刻里,该永远感恩、永远善待的。

漫长的休整

第七章

晋中风光

虽然说已经结束了边境行的东部沿海段，进入休整阶段，但是要等到进入东北段还有一阵子，所以回家的这段路途，也不能白白浪费。

从天津出发一路到达太原，在未知的旅途中，父母总是心怀乐观，道路坎坷颠簸之处，我总是想办法使父母少受些罪，可是一路上已数不清多少次，都是连续数小时的车程，中间不得休息。

从晋中回甘肃，在平遥等地陪父母转了转，吃了特色的鼓楼羊杂割，听了极具特色的山西民歌，赏了难得一见的汗血宝马，每时每刻都感受着"在他乡"的新鲜和好奇。尽管许多事情，对我们这样年纪的人已经没什么特别诱人之处了，但人时常在不同的环境中感受不同的细节，能更加长久地保持未泯的童心。

在平遥古城墙上，我陪着父母漫步在夕阳下，他们总是旁若无人地聊着自己的话题，津津乐道，而我，则总是不停寻找着我喜爱的"小乐趣"。

呀，墙角之处，竟有一只色泽如此鲜亮的螳螂，这个可爱的小家伙，定不知道我在暗地里悄悄为它拍起了"特辑"。那螳螂的腿，细极了，映着背后的余晖，就像是一条不停晃动的风筝线，有趣得很。

说起平遥，倒真是个惹人喜爱的地方，这里的一切，都是过去的味道。平遥杂糅了时间的馈赠，人文中透着与历史交互的和谐，自然而安逸。

古城的城门，像是打开了通往过去的隧道，我多想在迈进城门的一瞬间，回到童年的时光，父母青丝犹在，我亦笑靥如花。一砖一瓦，刻着明清素韵，一屋一饰，诉说人间佳话，古城平遥，虽是古老，老的却只是样貌，路人的心，仍然新鲜。

夜晚的古城情景剧，上演了一出别开生面的大戏，演出的形式很新鲜，父母看得很尽兴，不时为表演者们贡献掌声，乐和了好一阵子。那个时代，人们总是喜欢看现场的表演，像是戏曲、皮影戏等，有出色的表演者，有行头装饰，有考究的剧情表现，才算是真正能够贴近人们生活的表演。

别说，我这个外行，也看得不亦乐乎。

情景再现式的演出把我们带回了古老的时光，也讲述了具有文化精神的动人故事，无论精妙的造型还是使人动容的情节，都令我们深深陶醉在了这片古城墙围绕起来的小城，回味光阴，沉溺其中。

很多时候，我们为自己限定了生活的架构，是方方正正地规划一番，还是天马行空地随心所欲，都在我们意料之中。曾经，我总是故步自封地以为，那些追逐自由的号角，才是真正活着的意义，直到在某个城、某个触摸外界的瞬间找到一种永恒的感觉，才发现评判是多么无趣而浅显的行为。人该是走在心路之上的，因为随心而为，便是自由，那自由可能是城中安眠的"静"，可能是策马扬鞭的"动"，由心所生，就是美。

时光在敦煌溜走

前段时间行走东南沿海边境线，父母通常都是在服务区停下来溜达着活动活动筋骨，几次下来，倒是养成了一种不成文的习惯，每隔一两天，就要找个适合的地方运动上二三十分钟。短短的时间里，我也有了休憩的机会，有了思考的空闲。

过去，旅行对于我来说是一种寻找出口的方式，可是越野这么多年以来，一直都没有想明白过，在一次次的长途跋涉里，我究竟在寻找什么、寻找到了什么。仿佛一切只是因某种戳中内心的感触而起，在路上的时候，经常风一般呼啸在旷野中忘乎所以，有时又小心斟酌着生出些许感慨，人生大概也是如此，匆忙地前行，又被自己缓慢的情绪打动。

返程回甘肃的路上，先把父母送回了兰州，我又只身去敦煌参加了一场别开生面的"重走古商路"主题活动。四天一百零八公里的艰苦旅途，可不是谁都有勇气参加的，想想戈壁大漠的干燥风尘，就让许多人畏惧不已。

随着一声枪鸣，穿越戈壁的徒步计划就正式开始了。我跟着二号指挥车随拍，任务一完成就立刻回

到徒步的大队伍里，走走停停，说说笑笑，这场用脚步丈量古商路的特别之旅，大家互相关照、攀谈，尽管身体上的疲累渐渐袭来，然而和独行比起来，心情却轻松很多。

敦煌这座城市，来了多少次早已不能算清，外地的越野车友来甘肃自驾，总少不了来这个沙漠宝地练练车技。那时候我们总是不计里程，认定一个目的地就会坚持达成所愿，从兰州到敦煌，从敦煌走上更多条线路，我们从不感到困乏和艰辛，只是在激烈的一次次征服中感受自己的强大，感受自己逐渐增加的信念和求生欲，那时候我们都年轻，可我们从不把"年轻"当作我们的标签，我们总愿意把自己看得成熟。

四天的徒步之旅，记录了许多人在此过程之中的表情，在那些透露着挣扎和埋怨的细节里，人们一天天退去了往日生活中的浮躁之气，因沙漠的干枯、燥热，大家似乎更加看透"自己把握自己、自己调整自己"的理儿了。意志力这个东西很有意思，明明自己都觉得不能完成的事，咬咬牙就坚持下来了；明明信心十足的时候，也会随着急躁的状态漫延最终未能成功。

一百多公里的远程徒步，我在自己的镜头中收获良多，那些见证了艰难时刻的人通常会压制自己的负面情绪，只为快点达成目标，战线拉长了，坚守也会有"支撑不足"的时刻，靠着毅力挺住的人最后会露出洋溢着骄傲的笑容。扬着大旗，我看到了落日余晖映着沙漠的静谧，似入画境，令人着迷。

时光在敦煌溜走，我在短暂的徒步旅行中没有找寻到曾经来过的自己，未曾找寻到那个率性骄傲的自己，但是敦煌，我又来了，我从未放弃前路，从未放弃对自己的认可。

回家

从前向往的是强劲的风、激烈的征服感和茫茫风浪中的自由气息，而现在则向往家庭的安宁，好像那种细枝末节的快乐才是真实、可触碰的幸福。

10月21日回兰州，圈里的好友照例为我接风洗尘。像我们这样喜欢越野旅行的人，大多数是粗糙、性急之人，更偏好追求狂热的事物，对美食也多限于吃，而非制作。但我这帮朋友都是擅长与各类食材打交道的美食家，眼下都是让我眼馋的美味佳肴——拉萨搬回来的石锅做的鲜美肉汤，拉萨搬回来的酒余量不多，也慷慨摆上了桌。

回兰州的时候，偶然发现了青视界推发的一篇文章，题目叫作"分享十种男人和越野车最帅的拍照手法"，并赫然在我的插图下配文写道："夕阳西下，伟岸的背影走向自己的爱车，就像历经沧桑的汉子回到自己的家。"

好笑中透着无奈，"最帅"的代价可着实不小。越野这件事，好像在预想中就该是男人玩的，但这些年，祖国越来越强大，一代代的人成长起来，思想也都发生了巨变，女人更加懂得从许多形式中找寻

自己的梦想，实现理想生活。而我，作为一名女性，就幸运地活在了这样的时代里，不断从外界的事物中，找到自己存在的价值；不断从完美的家庭生活之外，寻找独立的精神世界。

努力生活的人，总有一种无形的影响力，不区分时间、地点和人，给予周身新的理解和希望，而我，也有幸对自己的父母产生了这样的影响。

经历了环行中国的旅途之后，父母不仅不再像从前那样总是为我忧心，反而从自己平淡的生活中开始寻求某种新鲜的事物。改变他们想法的，不是我们口头的安抚之言，而是他们真实地感到了我的生活所求和其中的快乐。

父母懂得的人生哲理比我要深厚广博，可是他们依然未曾停止对生活新的渴求，精神世界的丰腴，使人变得可爱、简单、有趣，人们也正是在种种精神状态的反复深化和循环中定义自己、定义生活。

回想起前段旅途中父亲手写记录的画面，依然觉得动容，家的味道，就是回归自己的本心，回归有爱的世界。

七十七天

　　上一本书《越野十年》的封面是我独自一人自驾到高寒的哈拉湖无人区拍摄的。每每想起都不由得感慨，一个摄影师必须有专业的态度才能称得上合格，险峻之地我们不能畏惧，严寒高冷我们不能躲藏，江河湖海的坎坷我们都得跨越，幸运如我，摄影之际，越野自驾是兴趣，更是对自己的成全。

　　说到摄影，我极为理解同行的不易。电影《七十七天》现场制片华哥知道我对摄影的喜爱，他第一时间就与我分享了制作精良的宣传片，浩荡大气，让我摩挲着反复看了好多次。震撼的画面，每一帧都来之不易，看得我热血沸腾。

　　除去电影的画面感，作为越野爱好者，我对主人公探险的精神也是敬佩和感同身受。长途跋涉，远不如听起来那般风光，无人旷野，狂风怒吼的时刻，要用多少力量抵御风沙，用多少种路线尝试找到适合的落脚点，又要用多少内心建设才能保持正常的心理状态而不被临时的困境引导着生出崩溃，一切无奈和风险，只有真正经历过的人才能体悟到的。

　　许多瞬间，是直戳心口的，感受更是五味杂

陈。我回忆起从前自己孤身一人独闯哈拉湖无人区拍摄的情景，暴涨的河水在凛冽的风中咆哮如雷，野生物种的虎视眈眈和危险的沼泽地，一切的希望和毁灭都源于自己。那时候唯一的念头不是盲目地坚持和抗争，而是随时随地尽力保持"带着脑子"的清醒，因为巨大的恐惧会瞬间减退人的思考能力，减退人的意志力，使人窥见自己的渺小、脆弱。经历过那种恐惧之前，我以为毅力能冲破其中阻碍，使我们重获平安，实际则相反，孤独、恐惧、无助，当它们达到一定峰值的时候，最稀缺的，就是保持人的智慧和"动物"属性的爱，把危险的不可预期，转化成生存能力和善意，抱着即使毁灭也是贡献于自然万物的大意念，才能化险为夷。诚然，这是我2005年越野至今的个人经验总结，真要在每一次问题来袭的时候坚定此念，也着实不易。

有时候，我们很想对着自己喜爱的事物求个分明，兴趣所在的领域，我能得几分呢？渐渐地，热爱会演化成谋求，会蜕变成名利场，最后，就是我们丢失喜爱、丢失自我。《七十七天》里有句我特别喜欢的话："不想麻烦别人，也不想让别人来麻烦我。"我想，内心真正有所追求的人、真正把爱好当成随缘之事的人，才能这般率真坦荡吧。

如今转而写这些文字的时刻，《七十七天》已经看了不下三遍，从第一次观看的情景带入，到第二次的旁观者视角，再到第三次的感悟平和，每次都有不同的内心挣扎和自我拷问。

把所爱的事做到极致，就是把自己融入世界之中，不是格格不入的隐世而生，而是化作草木之徒，学会爱，播撒爱。

休憩的父母

父母随着我的边境行走了一次长线，他们以前可不敢拿出这么大把的时间来"挥霍"，这些时间往往是用来养家糊口、努力工作、教育子女的。如今，他们敢了，但也不是因为重负已卸，而是从我们年轻一代中，看到了希望和寄托。这种"敢"，在广义上透着使命交接的仪式感，增强我们这代人和我们的后代振兴祖国大业的斗志。

十多年了，从一个青涩的越野爱好者变成专业玩家，其中成长的，不仅是纯熟的驾驶技能、丰富的见闻，更是内心对生活的感悟，对自身、对社会，甚至对于国家的存在都有了更加深刻的认识。

父母生活的年代，总是充斥着物质匮乏的信号，人们的娱乐生活非常简单，茶余饭后不少闲谈、闲逛，但与所谓的"闲来无事"还不能等同，一个是真的无事无聊，另一个则是空闲休憩以集中精力做更多的事，稍有休憩机会，就会恰到好处地制造出快乐。所以说，父母那一代人经历了许多我们没经历过的苦，但日子简单、想法简单，快乐的方式也同样很简单。

到了我们这代，信息发达了，互联网火爆了，买东西卖东西都不限制时间和地域了，各种人工智能也扒上了时代的列车，什么想过的没想过的，都已经慢慢渗透到了我们的生活里。闲散的时间不少，大多被无所谓地消耗掉了，时间和精力都有了，反而大部分人不知道怎么快乐了。

岁月蹉跎，父母面容渐衰，把做人做事的道理连同着肩负的社会责任都告知我们，希望我们在未来的道路中活得坦荡、幸福、从容、温暖。时光荏苒，祖国的朝气蓬勃不减，把宏图伟业和浩大基业一并交给如我们这样一代代的中华儿女，保护并启示我们铭记使命，为国为家奋斗！

心灵太极，别太急

心灵太极，用董老师的话来说，表达的就是"一个人就是一个太极、一个阴阳，只是欲望和无名烦恼太多，让我们找不到平衡"的状态。我不懂太极，但是在我看来，"心灵"对我们每个人的生活都有着绝对的掌控力，我们的心灵向善，那行为也会跟着这种信念开化，我们自然也会随着心境所想做我们发自内心喜爱的事情，做与人为善的事。

数不清自己走了多少段路、踏过几方热土，完全顺心顺意的路途几乎是不存在的，许多次都是期望很高，实际则大不相同。例如东部沿海线，原以为路途平坦，会容易一些，但走下来发现也是问题多多，舒坦的瞬间都记录在镜头里，其他的灰头土脸只能临时抱怨上几句；内蒙古线、新藏线、滇藏线就更不用说了，事发时刻苦恼烦躁，那些平静的心情和自我疏导很难在当时派上用场，只能用来"事后总结，下不为例"了。

所以说，人很难说服自己找到心灵深处的包容心和平衡之处，它们更像是海绵里的水，猛然一挤，发现它们存在，但要想着依靠那点儿平日里不自知的水来解渴，难度就大了。

急躁的时候，容易忽略美好，所以大家通常都说"眼睛是心灵的一扇窗口"，感受到世界的美好，心灵才能纯净可爱。依我看，心灵反倒是眼睛的一扇窗，存善念，懂包容，世间万物的美好都能通过我们的感受得以深化，我们的身心也能为此收获自由。

再会东三省

来年，后会有期

第八章

盘锦的大冷天儿

11月14日已经在北京准备起程东北线路了，趁着还未起程，我拿起手绘地图仔细研究了起来。严寒冰雪，边境曲折，东北线尽管让我兴奋，也让我内心始终紧绷着一根弦，还未开始走，就有了些许如履薄冰的紧张气氛。

东北线从北京出发后，计划经天津、盘锦、丹东穿过通化、白山，沿着五常、哈尔滨、大庆的线路直奔呼伦贝尔，再以呼伦贝尔为基点，最终回归本次环中国边境行的出发地点二连浩特。由于气温极低、冰雪路况极难把控等危险因素，这段东北线，也将成为此次活动中尤为艰难的一部分，为此，我只能多做功课，不敢全凭经验了。

来了北京，自然是有许多归属感，可野的伙伴们总能在侧鼓励，恰巧这两天赶上我的生日，大家的热情好像也翻了番，一边忙乎着为我庆生，一边准备着对接工作中的细节，忙碌、充实而温馨。

很多年没有吹蜡烛许愿了，仿佛到了这个年纪就不再指望从别处求得什么了，真的闭上眼睛祈祷，那也就是眼前这点事，希望东北线圆满完成任务。

北京

我是西北人，但是对于东北的风土人情却也有着一种特殊的亲近感，以往来东北，大多数是对美食的向往和体会雪地自驾的快感，这次环中国边境行让我有机会一次性绕着东三省痛快玩一番了。车开到盘锦，才感觉到真的推开了东北寒冷之地的大门。

寒风吹得脸生疼，可到底是十一月初始，太阳还照得那么热烈，没有雪的庇护，大地暂时还不敢露出多么伤人的凛冽。来了盘锦，朋友张罗着让我体验一把石油工人的生活，硬是给我找了一身崭新的红色油田工服，红艳艳的，被太阳一照，都有些晃眼。石油工人是个很令人骄傲的身份，制服用了鲜艳的红色，我一穿就舍不得脱下来。

盘锦的美食亦是远近闻名的，河蟹和熏肉大饼都别具特色。熏肉大饼里的肉都是用中草药炮制而成的，味道醇厚、风味独特，连我这种食肉量比较小的人也有些耐不住诱惑。

大冷的天儿，人们都喜欢躲在室内活动，可这儿的人像是喜爱这种天寒地冻的透彻凉意，街头巷尾的人都笑得暖盈盈的。

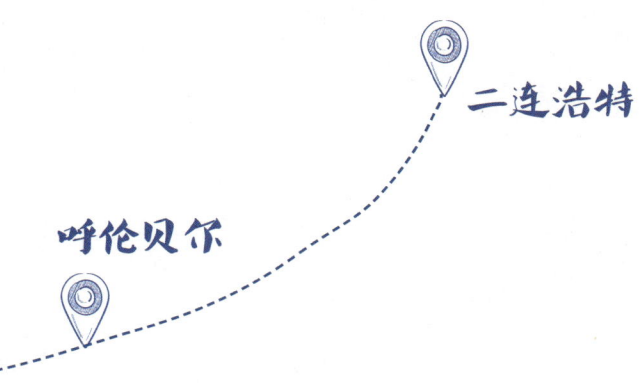

出发去丹东

抵达盘锦次日就去了丹东，一个风光无限好的地方。丹东e族的朋友得知我在边境行东北段会路过此地，特意前来招待。漫步在鸭绿江大道上，听风从江面来袭的声音，冷空气中凝聚着一种萧瑟而安宁的美。江水浩渺泛光，边境之江，看似美不胜收，又积淀着许多历史的痕迹，让人感怀往事，尽管意境舒适，可人的心很容易就跟着百感交集起来。

丹东孕育着丰厚的物产，也沉淀着厚重的历史文化，每一个新的角落都带着一种故事性，好像自己就是置身其中的主角，衬着枯黄的银杏哀思，映着冰冻时节刺眼的日光等待，伴随着零星的鸟类飞舞。总之，那种难以表述的情绪像极了置身事外的心境，尤其在环视周围发现四下无人的时刻，恍惚的感觉最为强烈。

盘锦

丹东

风中的芦苇

到了白山市，第一件事就是到合作商的厂家去更换雪地轮胎，雪地越野，对综合技术、设备与意志力等要求极高。说实话，虽然越野很多年，但这是我第一次使用雪地轮胎，换装结束后，刹车敏感度不减，也算是给自己吃了一颗定心丸。

进入东北线以后，每一站都匆匆忙忙未做过多停留，因为环东北边境的任务还非常艰巨，后续的拍摄条件是否最佳也未可知，所以在确保安全的前提下，我大多是来去匆匆的状态。

这时候白山的温度我没有做明确的记录，短款的羽绒服和普通的雪地靴还应付得过来，随身携带的保湿品瓶身已被冻裂了，双手和裸露在外的脸部基本被冻得通红。我不是不冷，只是为了活动起来更方便，厚重的衣服行动不便，很可能会影响拍摄。对于工作，我总是矫情地想要在自己可控的范围内，使每个细节都做到完美。

从丹东北上至今，我做好了冷的预期，却没做好迎接美的准备，所以许多精彩的瞬间给予我的视觉感受通常是冲击性十足的，遇到意外之美令我惊喜万分。

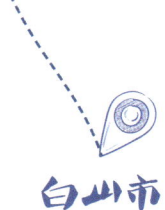
白山市

东北土地因为积雪多、冻土层深厚，许多路段会碰到沼泽地。沼泽是最让人讨厌的东西，脏兮兮的也不利于行进，虽然有路况较好的柏油路或土路替代不至于出现陷身沼泽的境地，但我还是对沼泽地感到厌恶。然而此次，我不仅未曾产生负面情绪，还被各种美丽的芦苇深深感动了。

天寒地冻，芦苇伴随着我走过了许多孤独的颠簸之路。最让我震撼的是这些脆弱娇小的生命还能在雪地的"压迫"中自得其乐，它们在雪中摆荡着的身姿，是对生命的渴望与坚持。或者说，在这些努力挺起腰杆活着的芦苇眼中，生命可贵是它们贯穿一生的座右铭，即使根被厚重的雪覆盖，它们也还能随风起舞。

芦苇被雪盖得只露出上半截，好像换上了雪白的裙子等候参加一场盛大的表演，我把对它们的敬意深埋在内心深处，希望这些生命，在雪融后的复苏时节再继续鲜活地挺立。

禁止通行

离开白山市以后，城市的影子越来越小，密林之间，连路都很难看清，我时刻告诉自己，要努力调整状态，要不断尝试调动自己的信心，缓解自己的紧张感。

远离了高楼大厦的市区和道路旁清晰可见的村落，只剩下高耸的树木在侧与白雪互相辉映。雪把树木的枝干压得很低，有些伸到了路上，只有宽阔的路段才能幸免被树枝剐蹭。雪太厚了，且亮得刺眼，稍微开上一段眼睛就会频繁出现疲劳干涩的症状。更加糟糕的是，沿着边境行走的路段大都人迹罕至，光从雪的印迹上观察，真的很难分辨出正确的路，雪掩盖着原本就少有人走的路，稍微带些弯路或者斜坡的地方，安全性就更差了。好在无风，密密麻麻覆盖在树木上的雪不会被吹散影响我的视线，顶多就是山脚处的雪透着些雾气，集中注意力就能应对。

"您已进入边境地区"，蓝色提示牌显得非常亮眼，我还寻思着终于有了歇脚的机会，谁知道，没走多远就又是"边防检查、禁止通行"的牌子，这下到头儿了，看看手绘地图找找走向吧。

边防检查的站口就剩下一条狗，估计只是附近边防站的附属地标，用以警示行人的。那只狗说来十分可爱，前爪紧紧扒着窗户框，从屋子里探出脑袋，见我开车停下来，没有一丝激动，更不像是一条脱离了主流社会的孤犬，一脸严肃。

真是乐观主义了，这段"禁止通行"果真不是闹着玩的，这才拿着地图还没开始走就被边防战士"逮"了个正着。

"下车，检查。"边防战士一声令下，我没来得及解释，已经被命令着下车了。

边防兵仔细检查车内物品，对我来边境之地充满质疑。

"摄影师，也是自驾爱好者，我们团队举办了一个环中国边境行的自驾活动，已经走很久了，东北这段是全国边境行最后一段了……"我说了一阵子，想尽量解释清楚，别耽误边防战士的其他工作，可说了半天，他没一

句理会。

车检查得差不多了，眼看我就能继续前进，这下又因为那手绘地图被拦着了。

都是为了祖国边防安定，多严厉也是应该的了。我就又一五一十地把手绘地图的来历、用途都说了一遍，这才算完。

"不管你是干什么的也得返回，很危险，这儿相当危险了，我们也得为你负责。"边防战士看着我这号胆大的人，嘱咐道。

这样一来，路线要重新规划了，总之都是未知的路，容易肯定是不可能的了。那时候的心情跌到了低谷，信心坍塌时我惯用的重建方法是"音乐疗法"，可是天渐渐黑了，本来视线就不清晰，障碍难以判别，天黑让前行的困难加大，而听音乐会分散注意力，所以真的是不敢听歌，不敢放松警惕。

"没有什么可以阻挡，我对自由的向往……"低声清唱，暗自加油吧，终点还早，返回又是新旅程！

室外温泉有点暖

返回之后，我沿着西北方向前进。地面的积雪量有了变化，许多路段上都是化雪的状态，少了雪的阻隔，那种寒冷刺骨的凉直接从大地散发出来，经常使我不敢大口呼吸。路面上断断续续有些泥泞，我的小黄车倒是没有什么"偶像包袱"，泥巴、雪水肆意飞溅到车身上，到了长白县的时候，它已然和我一样，毫无形象可言了。

终于找到歇脚的地方，停好车我就迫不及待拿了换洗的衣服跑到室内，温泉欢乐谷，棒极了！

这儿的温泉有室内的，还有室外的，这并不稀奇，可有意思的是，长白山的室外温泉附赠了观赏雪景的特别项目。我还真有些担心，毕竟冻怕了，雪景也是赏够了，就想泡泡温泉暖暖身子。

人生第一次泡雪花温泉，错过了机会可能要等上很久才能再碰到这新鲜事了，还是放开胆子试试吧。

"自驾玩还是专门过来泡温泉？"旁人与我闲谈起来。

"工作，路过。"我莫名有了一点警惕心，不过意思差不多，自驾就是我的工作嘛。

"外地人跑这么远工作的少，泡温泉的多。"

我还给对方一个微笑，就径直向前下了温泉池。

嘿，这温度，泡进来惬意极了，浑身上下都感觉非常放松，沾了雪的身体也丝毫没有感到冷意。

雪花落下来直接融成了水，陪我一起等着它们的伙伴飘落，这一瞬间，竟然觉得特别浪漫。仰起头，眼睛顺着雪落下来的节奏不停眨呀眨，又忍不住抬头看看那身在其中的美好画面。不时地，我会用手拨开朦胧的水汽，好清楚地看到一片片雪融化的瞬间。

温泉解乏的功效极好，我都有点舍不得出去了。想想看，人生的路途中有多少事物是新鲜的、陌生的、我们一开始就持怀疑态度的，经历过许多个第一次之后，我们还是会因为不熟悉而心怀犹豫或者自信不足。雪中泡温泉的经历却告诉我"早进去一分，就提早一分享受别样的精彩"。

温泉的水氤氲在周围，艰难的路啊，冰冷的雪啊，都被这恰到好处的温暖洗得不见踪影了。

哈尔滨的梦幻冬夜

哈尔滨的色彩是透过冰饰映出的五彩斑斓的夜灯，是喧闹的滑雪场鲜亮的滑雪服，也是室内热气腾腾的各色美食。越是寒冷，人们越是笑得欢腾，反倒把那寒冷当成了一种铺垫、一首诗的序言，只为引导人们找到真实的自己。

夜色太美，住宿安排妥当以后，我第一时间扛着设备出门了，行头依旧没有增多，多跑几趟多拍几张哪儿还会冷呀。

到了中央大街，一待就是两三个小时，松花江畔的防洪纪念塔，经纬街头的繁华，各种巴洛克风格的宏伟建筑，无一不流淌着浪漫梦幻的色彩，方石块铺成的街道，到了晚上灯火通明的时候，也是神气极了，映着路灯的明黄色，好像人人都是走在金光大道之上。

看着人群逐渐散去，最后稀稀疏疏地只剩下两三个人。真不知道我是抗冻，还是兴致高，穿着可以用"单薄"来形容的衣服鞋帽，就那么在深夜里闲逛，舍不得回酒店睡觉。

第二天，从浪漫夜景的沉醉中清醒，我抓紧时

呼伦贝尔

间去了圣·索菲亚大教堂。清晨时分,圆圆的穹顶矗立在那儿,庄严而神圣的感觉更加强烈。买了一根马迭尔冰棍,冷得透彻才更痛快!

  冰雪世界的美好在于梦幻和短暂,晶莹剔透的冰或是皑皑白雪的纯洁,都让人们联想到许多纯粹美好的事物,联想到我们的梦想。也正是因为这种短暂不像土地一般永生,不像土地一般让人踏实,所以才成了我们心中不可拥有的、憧憬的梦想幻影。

冰雪乐园

七个小时踏雪奔走，到了位于海拉尔的苍狼白鹿冰雪运动基地。这是个神奇的冰雪世界，如同存在于童话之中，呈现出世界纯洁而梦幻的美。

作为典型的北方越野爱好者，我尤为喜欢沙漠越野和雪地越野，每次看到成片的沙漠或雪地都会激动好一阵子。到了苍狼白鹿冰雪极地，只是瞭望四处看不到的边界就知道，我可以在这儿痛痛快快玩上几天几夜。

雪地摩托车、水上摩托车、赛事用ATV把式和UTV方向盘式的全地形车、气垫船、马拉雪橇等驾驶类的雪上项目一应俱全，还有冰雪滑梯、足球、碰碰车等，种类多到让人眼花缭乱。

到达冰雪基地大约是下午五点，海拉尔的天已经漆黑，没有灯光照射的时候，根本看不到雪地散发的寒冷气息，尽管如此，我也不敢在穿戴上有丝毫懈怠。稍微往下一瞟，就看到被冻得通红的鼻头。放下装备就想去找一辆雪地摩托车来试试手感，对于陌生的驾驶装备，基本没什么我不敢上手的，往雪地摩托上一坐，心里就沸腾了，顺着矮一些的跑道骑了一

海拉尔

圈，已然忘记了寒冷。

在这个满目新奇的冰雪乐园中，还能有许多别样的体验，例如制作冰雕、品尝特色室外烧烤、农家乐，等等，鉴于天色已晚，我只能恋恋不舍地进了屋。

回想起来，单人走东北的感受是非常不同的，以前是跟着节目组团队出发，人多，故事也丰富，这次呢，独自一人踏足冰雪之地，故事一小撮，心情一大把。不过真的非常感谢这次的独行，克服自然条件的限制、克服深层意义上的恐惧——可能刚刚接受零下三十多摄氏度的寒冷，转眼就要面对相机瞬间没电的苦恼；解决了狂奔着捕捉画面的难题，就又迎来了积雪深厚没过靴子的冷。总之，什么问题我都能一一应对，不能说应对自如，起码也逐渐适应在困难重重之下泰然处之了，这就是我的坚强和冷静、追逐梦想的坚定与执着。

　　在苍狼白鹿冰雪运动基地的日子就像是找到了向往的远方，摒弃杂念，满眼白雪，我一个人体验着各种从来没玩过的项目，真正体会到了自由来临的喜悦。

　　早上的时候，将近零下四十摄氏度，造雪机轰轰作响，像是起床号一般叫醒了我们这帮爱好雪地的人。背着相机，一会儿随着冠军车手胡哥的气垫船横穿爱东湖，在高速行进中感受冷风中的"湖上漂"，一会儿又看着一排排雪地摩托按捺不住，一圈圈越骑越上瘾。想起车子换了雪地轮胎，我就找了适合的空场漂移了几圈，那感觉，十分痛快！把这些项目都玩了个遍，才放下激动的心情想着休息一会儿，接下来接到了团队打来的电话，他们建议我回家休整几日，等到东北最冷的时候再来体验。

"团战"呼伦贝尔

十二月份了，东北的冰冻得更结实了，我和同伴在北京会合，一起重新开启东北段的行程。去往呼伦贝尔的路途，处处辽阔壮美，令人目不暇接。

我们直接回到了苍狼白鹿冰雪基地，同伴们被带领着玩雪地项目，我则别出心裁想要来点有趣的，跟着胡哥当起了"铲雪官"，说是铲雪劳动，不过是为了体验驾驶铲雪车的威风时刻。铲雪车跑起来比一般的雪地摩托车还要带劲儿，车一跑雪就被扬了起来，虽然会混淆视线，但是场地大，铲雪地没人，也就不用顾忌太多了。

同伴们玩得不亦乐乎，把琐碎的工作和生活小事一股脑儿抛却了，一大桌子人在傍晚的漆黑中点亮了农家乐的小屋，围着热气腾腾的特色美食来了个"温暖艺术餐"，大概是我内心的艺术门槛不高，在我眼里，吃饭唱歌这等稀松平常的事都是艺术的。席间有民族歌手驻唱，歌声悠扬悦耳，把我们带到了茫茫草原之中，开阔的意境下，大家纷纷拿起手机开启了直播，把美好的瞬间传递给更多的人。

海拉尔没有山川蔓延的壮丽，尽是一马平川的辽阔，除了在兴建中的市中心，近郊之外，都是草原开阔的景象，只是冬天的雪，把许多界限藏了起来，总之，都是脱离喧嚣闹市的梦幻。

城市的铜墙铁壁满足了人们更多、更大的欲望，然而人们却逐渐走向沉默，哪怕是欲望得以满足，喜悦也是沉默的。反过来，大自然枝繁叶茂的地方，人烟稀少，欢快的声音却能冲破屋顶，流入旷野，淌进人心。此时此刻，我和同伴们，就在这样的喜悦中笑着。

喜悦总是来得悄无声息，在寂静而壮美的大自然中，我们做好了"团战"的准备，不管是唱歌、跳舞、越野，还是打滚儿、翻跟头、堆雪人，总之，大孩子们这次要透彻心扉，要自由！车队歌手在霓虹闪烁的室内唱着："苍狼白鹿，来自传说，我们是追梦人。"这喧腾欢快的日子啊，哪里有什么冷，哪里记得什么是冬。

根河还是银河？

根河湿地是亚洲最大的湿地，也是我国最美的河谷湿地。根河蜿蜒曲折，飘逸自然，不知道这与其名"根"是否有所关联。根河清澈的水把山间摇曳的花草、稀疏的白桦林润养得茁壮无比，各种各样的小动物都肆意活动其中。当然，冬季的根河是看不到小天鹅、丹顶鹤的，现在四周一片白茫茫，白桦树矗立道路旁，冰雪树梢挂。

送我们出来的车队大多是帮助我们航拍的，航拍记录下了许多精彩的瞬间，美景背后默默付出的摄影爱好者让我非常感动，不管是他们对摄影的热爱、对苦寒的无畏，还是拍到的震撼瞬间，都让我动容。

在航拍的视角下，根河就像是一条银河，旷野林间，树被风吹去了昨日的积雪，衬在地上巨大的白色"幕布"上，变成了点点繁星。

顺着根河，我们一路去到了著名的敖鲁古雅鄂温克族驯鹿文化博物馆。鄂温克族是历史悠久的狩猎民族，"鄂温克"意为"住在大山深处的人"，居住于敖鲁古雅的人又因驯鹿文化深厚，被称作"使鹿鄂温克人"，他们世世代代以森林为家，极少有人愿意

离开森林。在驯鹿文化博物馆，我们看到了许多真实的历史故事，从狩猎驯鹿到保护驯鹿，鄂温克人的一生都与这片土地有着不可剥离的情谊。

从驯鹿文化博物馆出来，我的心情一时间难以平复，想象生活在都市之中的我们，接受了良好的教育、遇见了数不尽的新鲜的事物，可终究还要用尽漫长的人生找寻存在的意义，而这些简单到只为极少的理想存活着的人，却把日子过得充实而幸福。不可思议的不是环境，而是我们把花花世界的浮躁留在了心里，把宁静遥远都收回到生命之中。

不期而遇的美好，总能带来思考。我的行程与其说是在丈量漫长边境线，不如说为了感知众多民族的繁荣文化。离开根河，队友都飞回北京开始各自的工作，艰难而别有趣味的东北之行，又变成我的独自"享受"了。

狼岛之行

巴尔虎狼岛让我兴奋至极，可惜小狼不能跟我一起。狼岛是一片占地三千多亩的饲养区，饲养着许多野生草原狼，光是想象都很壮观了。

我个人比较喜爱犬科动物，自然也就不怕狼了。一下车，我就抱着相机直奔狼圈，大部分狼都被两两一组单独放在一个铁栅栏里，每个圈里都有一个别致的小木屋，足够它们居住，这也是狼岛主人保证

它们不受冻又不脱离自然的两全其美之法。

一见狼崽，它们比我还激动，扒着栅栏要往外蹿，不停用狼爪刨地，实在没法子了，就来回打圈跑，看得人心急。尽管住在狼圈里，它们的反应依然非常快，我稍微往前一伸脚，它们就立刻伸出整个前爪扶在我的脚尖上，调皮得很。

在狼圈前久久不想离去，这些动物机灵的样子真让人看不厌，我只能用镜头把这些瞬间记录下来，虽然只能隔着铁网拍摄它们的生活，但每一个瞬间都记录着它们的特别之处，遗憾也就不多了。

离开途中，同行的朋友给我讲了狼岛的故事，不知真实性多高，但依然很感动。

据说十多年前，这儿并没有狼岛，是一个人偶然收养了一只被遗弃的小狼崽，起初养育它的时候想了很多办法（用自己家母狗的乳汁喂养等），生怕养不好，这是狼岛的第一只狼。后续主人就有了更大的愿望，希望把这件有意义的事发展下去，因为狼主人认为，纯种的草原狼必须繁衍下去，这是他的选择，更是大自然的选择。就这样，狼主人把生活中大部分精力花在了狼的养殖和繁殖的学习上，悉心照料狼崽健康成长，才慢慢成了现在的狼岛。

狼岛目前狼的数量不少，但也不算多，狼主人在做的这份努力，非常值得我们深思。人类是目前生物学中公认的高级动物，无论我们如何高级，仍然是大自然养育着的弱小生命，敬畏自然、热爱自然，是人人都该有的世界观。

零号界碑

零下四十摄氏度,你好。

天寒地冻,几乎没什么东西可以在这片大地上以流动的状态存在,我裹成了胖熊的模样,一张脸只留出眼睛的位置,帽檐和口罩配合得十分完美,因为包裹严实,洗漱完未干的头发有幸未结成冰。

一有工夫,我就想到雪地里画几个圈,过一阵就下车检查一下圈够不够圆,然后换个地儿接着来。这几天乐趣不少,跟着剧组补拍《沉默的雪》,闲来无事还能拿瓜子喂鸟,然后天就变了,气温一度下降到了零下五十摄氏度。

大冷的天,在路上也开了眼界,看到了一只小狐狸,我立刻来了精神。穷追不舍当然只是为了近距离看看它,所以不敢开太快,小狐狸的确"狡猾",钻了空子一下就把我甩开了,没办法只好原路返回。赶巧了,和马群碰了个正着,虽离万马奔腾的景象差许多,但也把我开心坏了,跟了一段,牵着马拍了照片留念。

赶在傍晚前到了满洲里套娃广场,见广场上有

冰又无车无人，机会难得，开车在冰上溜了起来，就这么好一阵"撒泼"，像极了狼岛上的小狼崽蹦蹦跳跳抓狂的样子。保安一看我丝毫没停下的意思，立刻坐不住了，在厅门口朝我一顿训斥，我乖乖地接受了批评。

套娃广场作为地标性景区，别具风情，建筑物外立面装饰着黄蓝相间的灯，摇曳着圣洁而优雅的光芒，九点半的广场没有人潮涌动的热闹景象，多了些许留白式的美好。

折腾够了，我还是早早入睡吧，第二天要去见证零号界碑！

往常的天都是灰色的，因为雪白得亮眼，看天的时候，就会带着朦胧的灰白，总有些阴沉，但晨起开车去零号界碑的时候，天空可见的范围中间露出一大片纯净的蓝，好像为了配合零号界碑的威严。零号界碑不容易找，在当地朋友的指引下我才少走了许多弯路。雪地一望无际，天地连接的地方是一抹蓝，蓝色之上是艳丽的朝霞，朝霞在天空一侧渲染开来，看得我兴奋极了，拍了许多美丽的照片。

在积雪快要融化的砂石地段车胎被连扎两次，只能停下来想办法，大冷天，车出问题可不太好办，心情有些急躁。幸运的是，前来检查的边防官兵热情地帮我解决了问题。我与边防战士的相遇，总是"被营救"，感谢的同时，也真心愧疚又给边防官兵添了麻烦。

零号界碑被不锈钢支架支撑着，小小的，却让我再一次感到了祖国边境的重大意义。

泼冰的行为艺术

从零号界碑处返回，只能借宿边防营队，芦苇和晚霞在逐渐安静的气氛中渐渐消失踪影，连影子都跟着休息了，借宿营队，就能睡得踏实了。

为了不给边防营队添麻烦，我一大早就驱车离开了，一路向东返回呼伦贝尔。独自驱车返回的路段雪堆积得非常厚实，道路之上显然没有多少车辆路过，并不能循迹找到明确的安全路面，于是又一次经历了扎胎。

车子离边防营已经很远，从地图上看周边人烟稀少，零下四十多摄氏度的冷天，等着路过的司机帮忙换胎，几乎是不可能的事情。这个季节，呼伦贝尔的白天非常短，按照正常驾驶状态来算，到呼伦贝尔要不了多久就会天黑，这么等下去，只能面对恶劣气温与黑暗夜幕的双重阻挠，我必须迅速做出判断。

打电话给了左旗的好友庆华，他也是第一时间就驱车赶来，可是路途不近，要近两个小时的车程才能抵达，而且路况不佳，可能还有延误。天寒地冻，一双手在衣服兜里摩挲着取暖，来回溜达着跺脚，想着制造些声响，当作给自己一点儿回应。可眼看时间过去了二十分钟，我有些按捺不住了，索性自己搓着手掌心，动手换胎！

气温非常低，按理来说气温在午后会有所回升，但是天压得很低，虽然看不出阴天下雪的意思，也总是灰蒙蒙的，比早上出发时冷得更厉害。我从后备厢取出换胎工具，又取了备用轮胎，伸手动一下那些金属质地的工具都要狠狠打个冷战，滚轮胎的时候，因为积雪产生的摩擦力，推得也非常吃力。我顺手取了相机、三脚架，支起设备，假装有人在侧陪伴，给自己鼓鼓劲儿。

卸轮胎和装轮胎是最麻烦的，天冷，螺丝根本转不动，上脚踩，脚底又沾了雪，非常滑，平时换胎踹上三四下搞定的活儿，现在二三十下，脚踹得生疼，还是搞不定。这下给我急坏了，活儿干了一半卡住，比不干还要尴尬。原地换胎不能站太久，因为我能感受到大地的寒气直逼而来，隔上一两分钟就要在附近小跑一圈。每跑一圈回来，我都直接助跑到螺丝处吹几下，

好像有了这个特殊过程,我的脚劲儿就能变大一样。旧轮胎换了下来,抬起新轮胎,然而根本抬不动!轮胎周围起了一层薄薄的冰霜,手一碰上去就要被粘住一般,惹得我不敢轻易下手了。索性用手搓搓雪,降低手的温度再触碰轮胎好了,当然,这只是我突发奇想的办法,不知是否存在科学依据,总之最后愣是成功了。前前后后,在将近零下五十摄氏度的室外雪地里,我用了一个多小时换好了轮胎,好友电话告知马上赶到的时候,我十分自豪地回复说:"完事儿了,前进碰头!"

第二天,庆华带我在左旗吃了当地的豪华早餐,冬至节气的饺子配着锅茶,别有一番风味。一碗热乎乎的饺子,带着家的味道,带着中国传统的味道。看着饺子,有些想家了,心里多少有些苦涩。

呼伦贝尔比前阵子要冷许多,随便拿盆水,管它凉的、热的,使劲往天上那么一扬,立刻就会结成冰柱,屡试不爽,"泼冰"活动就此开始。

"泼冰"倒是像一种行为艺术,抛却杂念,任凭自己的心思和想法绘制一种新的结构,而谁都无法做出完全一样的形态。前前后后,我拍摄了十来种形态,而每个举手"泼冰"的人,都在画面中站得笔直,精神高昂。从室内看出去,神奇地发现玻璃上绽放了纹路清晰的冰花,屋里的人都喜欢透过有冰花的窗户往外看,因为这样看出去的景色似乎带了一层朦胧月色的滤镜,梦幻的美就此诞生。

想到环行边境的行程,我用冰泼了一个圆,把自己框在其中,圈外是别人透过唯美的画面看到的圆满、神奇,圈内是我的孤独无畏。对于真正有梦想并坚持付诸实践的人来说,环中国边境行并不是一件伟大的事,但对于迷茫在漫长人生路上的人而言,我的经历可能会带给他们关于梦想的触动和对奋斗的信仰,我的路和浅显单薄的文字也就都有了价值。

特技"雪上飞"

回呼伦贝尔需要经过大片大片的戈壁滩，许多无人涉足之地是必经之路，玻璃水不是防冻的，喷不出来，所以大部分时候视线都是模糊的，为了确保安全，在积雪厚的地方只能不断告诉自己，慢行，安全第一。

戈壁滩的荒凉陪伴了我一路，路况一会儿一变，雪少的地方戈壁滩上的砂石露出得就多，这让接连经历扎胎的我心惊胆战，生怕再出什么状况，雪多的地方呢，又有陷进去的危险，真就是挺过一段都算幸运。还有些化雪和下雪的路段，那就更恼人了，要么路面结冰，要么车在行进中被密密麻麻的雪包裹起来，最终回程的时间比正常状态下多出一倍。孤独是自身与疏离感的互相撕扯，而冰冷的孤独则是难以释怀的恐惧，听什么音乐、想什么美好的事，都不足以使那样的心情快速消融。

得知24日要举行那达慕大会，紧接着冰雪基地会在25日开展雪地摩托车挑战赛，让我又激动了一番，想着一定要参与其中。

"那达慕"是蒙语音译而来的，原意为娱乐、游戏，是内蒙古人庆祝丰收喜悦的传统节日。除了在牲畜肥壮的七八月举行的那达慕大会，近几年兴起了冬季冰雪那达慕大会。裹着厚厚的棉衣，也丝毫不会使当地人行动不便，摔跤、射箭、骑马、歌舞，样样都是高规格。除了蒙古族，鄂温克族和达斡尔族也会参与其中，共襄盛举。

暖时的那达慕大会如果用"热闹"形容，那么冬天的那达慕大会则是"热情"。牧民们盛装出席，骑着马、赶着车，大会场早早被布置成了五彩缤纷的景象，热气球、空中条幅、那达慕大会旗帜等，隆重非常。孩子们穿着传统的民族服装被大人们带到现场，然后成群结队嬉闹开来。各色艳丽的彩带在白雪的衬托下显得华丽庄重。

　　我报名参加了雪地摩托车挑战赛，有幸进了决赛。回放朋友拍摄的视频，看自己一会儿急转，一会儿飞跃，才发觉自己认真比赛的样子有点帅。不过，在雪的影响下，我硬生生变成了"白面赛手"，睫毛、眉毛、头发，面颊裸露的地方都被糊了一层厚厚的冰霜，为了比赛也是拼了。名次倒是次要，毕竟不是专业雪地摩托车赛手，但是能够与专业人士一起参赛，看别人"雪上飞"，和大家一起构成气势非凡的摩托车大队，也不失为一种幸福。

　　像"雪上飞"这种技能，稍微练练也不成问题，参加预赛的时候，我飞得也算亮眼，但是形式上的东西总是给别人看的，有胆量突破自己的极限，尝试向往的事物，获得内心的满足感，对自身才意义深重。

脚下的阿尔山

从冰雪基地离开,继续边境行的尾段路程,这次要从阿尔山到终点二连浩特。一离开基地,不舍的心情就涌上来了,来年有机会,我还会再回到这片神奇的冰雪大地,而现在需要把剩下的路走得更充实。

出发到了东湖河口,不仔细找,很难找到结冰的河水与路面的分界线,由于天气太冷,河面的冰结得很厚,我和来送别的朋友直接把车开进了冰河,支起了一个小帐篷,本来还在纳闷,帐篷为何非要支在河中,询问之后才得知是要凿冰钓鱼。我技术不过关,只能看他们发挥聪明才智了。不过我充当了"钓鱼纪录片"的拍摄者,记录下了这些有趣的经历。砸冰要找准位置和力度,不能随随便便下手,这些都是技术和经验的范畴了。最后他们钓了好多鱼,大家美餐了一顿。

见时间还早,东湖河口渔场之上晚霞绚烂,我便趴在地上透过天然堆积而成的冰玻璃拍起了照。马上要跟朋友们说再见了,接下来的阿尔山,也许有更多危险在等待着我,但接近尾声,一切细节都让人觉得不舍。

从呼伦贝尔向东南方向进发，翻过阿尔山再向南直行，最后赶到西偏南的二连浩特国门，整个环中国边境行就完全结束了。阿尔山近九个小时的行程为最后一段路程增添了许多不同的感受。

通过阿尔山段通常需要四个多小时，但鉴于路面不平且冰雪积路，我只能尽可能放慢速度，确保安全。提前加满了油，准备了热水和保暖的衣物，就开始翻山了。阿尔山的路相比川藏、滇藏甚至可以说是平坦，但路旁都是丛生的干枯植被，许多路都被挡着，时常从一个缝隙中钻出去都不知道下边的路怎么走，天渐黑的时候，植被把视线堵得严严实实，非常危险。不过当时的我想的是：踏在阿尔山的脊背，从山的这头到了山的那头，我的心胸也会随着距离渐远而拉伸、扩展，心胸开阔而包罗万象。

当时的我，满脑子都是终点的信号，终点来了，一个阶段的自由追逐要落幕了，甚至对于艰难的事物有了怜悯之心。在混合着喜怒哀乐的旅途中，我体会到了生活百态，体会到了一切的珍贵，活着，是一件多美多值得骄傲的事，能够随心上路，有路可走又是多么幸福。所以，要学会宽容、学会爱、学会感恩。

二连浩特，又见面了

　　在要说结束的时候，在不得不面对离别的时候，我只想一个人在二连浩特国门上静静待上一会儿。

　　这次到二连浩特，已经长了些许经验，能找到路了，但是去国门之前，我故意绕城转了一阵子，找找当时始发站就迷路的窘态，把时光倒回七月份的阳光明媚。不知道为什么，在漫无目的地绕城时，脑子浮现了许多这五个多月的点点滴滴，新疆的婚礼现场、露宿西藏的璀璨星空……一切都重新浮现在了眼前，顿时情绪涌动，眼泪哗啦啦顺着脸颊滑落。我是个坚强的人，不是强忍着承受的那种坚强，是总是不屈服于命运、选择勇敢面对的坚强，但在一段惊心动魄的旅程即将告别的时候，我却用"脆弱"书写了结局。或者说，我把女性感性的泪水，洒在了终结的时刻。

　　在二连浩特，我踏上了新的旅程；在二连浩特，我找到了重生的自己。对我来说，这一路的恐惧和孤独感是实实在在的沉重，是真真切切的艰难，是拿着自己的一切在蜕变、成长。

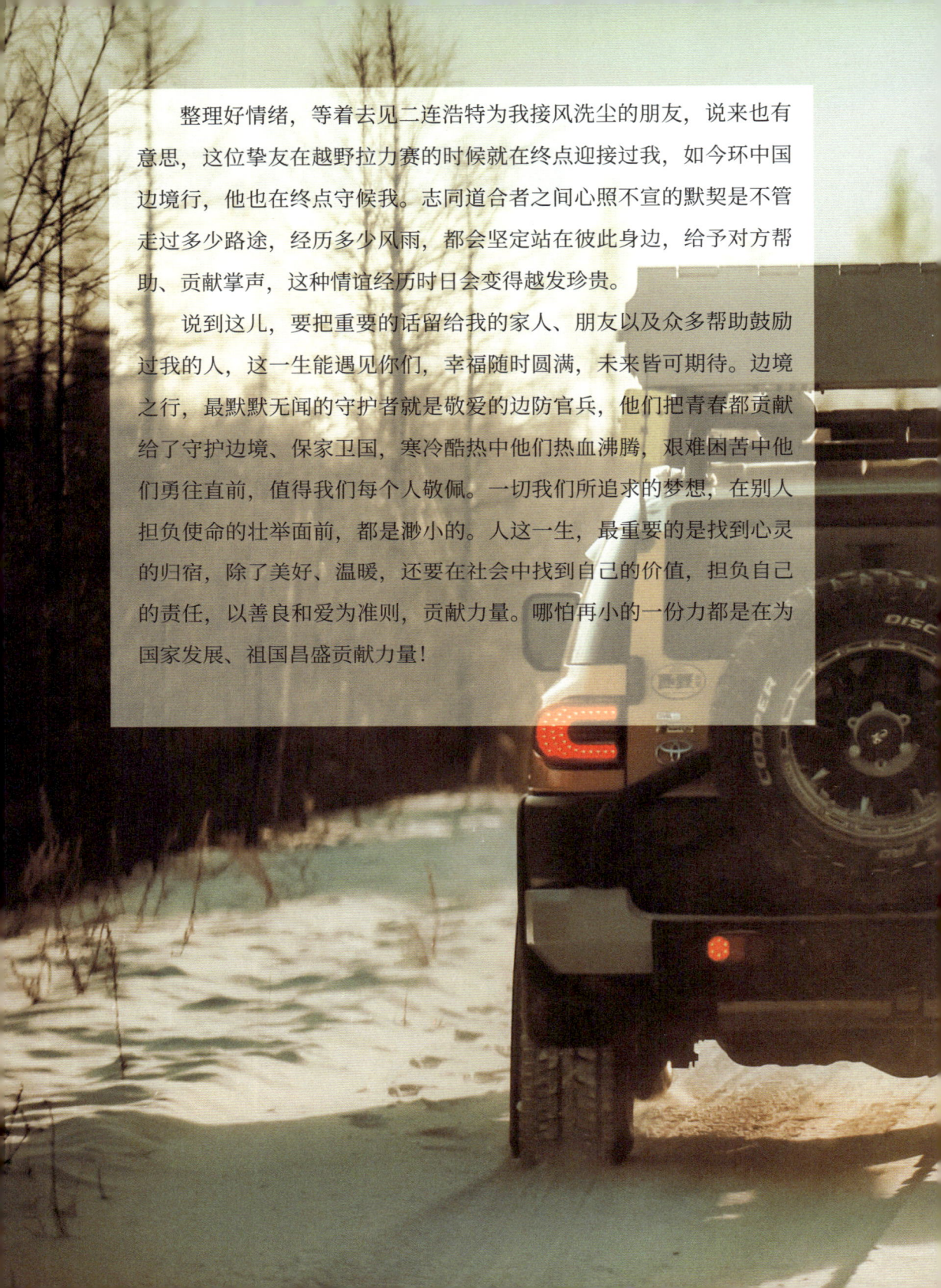

　　整理好情绪，等着去见二连浩特为我接风洗尘的朋友，说来也有意思，这位挚友在越野拉力赛的时候就在终点迎接过我，如今环中国边境行，他也在终点守候我。志同道合者之间心照不宣的默契是不管走过多少路途，经历多少风雨，都会坚定站在彼此身边，给予对方帮助、贡献掌声，这种情谊经历时日会变得越发珍贵。

　　说到这儿，要把重要的话留给我的家人、朋友以及众多帮助鼓励过我的人，这一生能遇见你们，幸福随时圆满，未来皆可期待。边境之行，最默默无闻的守护者就是敬爱的边防官兵，他们把青春都贡献给了守护边境、保家卫国，寒冷酷热中他们热血沸腾，艰难困苦中他们勇往直前，值得我们每个人敬佩。一切我们所追求的梦想，在别人担负使命的壮举面前，都是渺小的。人这一生，最重要的是找到心灵的归宿，除了美好、温暖，还要在社会中找到自己的价值，担负自己的责任，以善良和爱为准则，贡献力量。哪怕再小的一份力都是在为国家发展、祖国昌盛贡献力量！

关于东北线路

东北线路主要是天气和温度的问题，室外极其寒冷，遇上雪天或积雪，身后的路段也要特别注意。一旦准备不到位，碰上问题就很麻烦了，例如我这次东北行，就忘了很重要的一点——防冻玻璃水，到处温度都在零下四十摄氏度左右，普通玻璃水根本喷不出来，视线非常差，给本来就非常艰难的雪地自驾带来了更多阻碍，而且这么小的细节很可能成为巨大的安全隐患。

1 防冻装备。配备防冻机油、防冻液、防冻玻璃水等，轮胎必须用雪地专用的轮胎，因为雪地专用轮胎操控性能好，雪地也能开到100至120迈，实用性很强。过去雪地自驾大家选雪地轮胎的意识不强，但现在有许多自驾爱好者故意不用雪地轮胎，纯粹想着炫技，建议还是放平心态，真正尊重越野这件事，别求一时刺激。

2 衣着保暖。这是保存体能、确保户外行动便利的重要一环，要引起注意。并不是越多越好，不选过长款的羽绒服和矮筒雪地靴，由于积雪很多，需要携带偏光镜、雪地眼镜等装备。五指手套、简单的帽子、围巾等也是必要装备，此外，可随车携带雨衣，既不影响室外活动，又能避免雪水打湿衣服。

3 给户外摄影爱好者的建议。温度过低会导致数码相机电池续航能力迅速减退，建议多备电池，并且加强对相机和电池的保暖工作，最简单的办法就是随时带着保温包，拍照尽量快速，减少暴露时间。另外，从寒冷的室外进入室内的时候，要将相机放进塑封袋，使其自然适应室内温度并排出湿冷空气。

4 美食与饮食。先说美食，东北菜真的非常家常、实在，口感非常纯正，建议多多尝试，别只盯着猪肉炖粉条、乱炖、锅包肉这些外地东北餐馆里的吃食。另外，东北各地都有特色菜肴，找准地方特色再选择，才不会浪费了遇见美食的好机遇；其次，关于饮食就很重要了，别天真地把雪放进嘴里融化再咽下去，建议随身备个保温杯，水常温放置的话肯定会变成冰坨。吃饭注意量，保存体力，吃太少太多都不利于户外活动。

5 其他建议。东北冬天自驾，要考量好沿途线路，有规划才能玩得更顺利；自驾过程漫长，保暖的衣物、大的保温壶、能量高的食物等都是必备之物。

后记

作为组织方唯一指派的越野车手，除了先前诸多的越野经验被看重，团队更加尊重我对越野和摄影的热爱，也赞同"热爱先于专业"。

我从不害怕一个人开始一段旅途，越野对我而言并不是什么人生修行，纯粹是兴趣爱好，这是我的初衷。野外和都市是大不相同的，广袤的户外是我们另一个家，虽然也会在某些时刻感到厌倦和腻歪，但"还有下一个地方，还有下一片风景"是我再出发的原动力。

直到完成此次行程，我才有了另一番透彻的感悟。

人生是一场无声的电影，声嘶力竭的呼喊换不来事事顺意，但行走是一场有声的表演，漫长的孤独与凌厉的车轮轰鸣，或是路旁的一片格桑，都能在你的心间回响，让你看到源于生活也高于生活的自己。2017年敲定环边境行的时候，我觉得自己又要文艺一把了，想到圈子里几乎没人干过这事，一下子就自负了起来。然而从出发的那一刻起，心气儿便开始急剧下降，甚至是瞬间熄灭的。环边境行从7月15日持续到岁末最后一天，我的情绪才渐渐扭转过来，不是谁都有兴趣观摩别人的"演出"，即使少数的观看者，也要凭着自己的判断说出个子丑寅卯，凡事都不能一概而论的。最终，受益人还是自己，从一个追求自由和刺激的"男子气概"的女子，到历经旅途找到理性思考人生的女性，柔情与坚强，从外到内，自由从空洞变得饱满坚实，我从过去的影子中找到了新世界。

人到中年，似乎就走进了冒进与畏缩双重轨道的怪圈，想变得更加大胆，同时渴望日益沉淀的安宁。曾经和年纪大的一位朋友聊天，对方提过这样一个观点，说"像我这样五十多岁的年纪，最大的盼望就是无事"，问事业前程的心一点点降下来，问平安幸福的心一点点升起来，大家更期待着把日子过得平平常常，无事、无病、无杂念，该浇花浇花，该买菜买菜，该吃就吃，能睡就睡，总之，平淡是福。但是大部分，尤其像我这样处在三四十岁的人，各种生活欲望基本达到顶峰的时期，要心无杂念期待"无事"几乎不可能，背负着所谓安家立业、发展富裕生活的心劲儿压都

压不下去，往往宁可拼得头破血流，也不愿苟且而生。后来通过环中国边境行发现了差异，同在中年，一个但求无事，一个事事有求。前者要么是通透之人彻悟人生而无所愿求，要么是甘于此生不敢破釜沉舟再求奋斗，后者呢，大多是身在其中难以自知。总之，什么日子都需要一个基本的自我要求。比如我，追求喜好，把喜欢当成事，还要考虑在短暂的生命中为别人、为这个社会做出点贡献，一方面让自己有所乐，另一方面让自己有些价值，这才是相对圆满的，功利之心放置其后，无事清净也在其后。

　　大抵是理性与感性之间的巨大差别，我始终以为，人要体验才不失为活一遭。体验之余，理性才有机会变成智慧的化身，感性才有可能剔除多愁善感。总之，环行中国边境，成长大于"承受"，就没有浪费这一路风景。在未来的道路上，谨以此后记祝愿我们的国家日益强大，祝愿我们的青年之士发奋图强，祝国之昌盛使民享安乐，人人有梦！

名人推荐

徐家树
摄影家

一本四驱自驾和旅行摄影者的必读经典,一个追随内心呼唤去实现梦想的女性榜样。

赵汉唐
《七十七天》导演

长年在户外的人,身上都有一股子劲儿,玉儿亦是如此,尤其在她的眼神里,看得出浪迹天地间不问世事的纯净;从不张扬的衣着、人如其名的温婉中,更能看出心中的狂野。

这是玉儿留给我的第一印象。

探险是人类最宝贵的基因,能将生命中大部分时光花在探寻天地间着实令人艳羡。拍摄《七十七天》的前十几年,每年我仅能用一两个月独自驾车旅行,将自己放逐到生活之外,仿若进入自己喜爱的梦境,感恩天地赐予的每一个晨昏日暮、每一夜斗转星移。

我想这本《环行中国》是玉儿愿与朋友们分享的美丽梦境。她曾为山河大地的壮美辽阔感怀落泪,也曾为遥远旅途的未知激动不已,那里,有岁月里不期而遇的所有美好。

赵永国 亚洲巴哈拉力赛主席

玉儿一趟环行中国边境，让她成了当之无愧的理想英雄。巾帼英雄不活在性别的差异上，活在自己的梦想之中，她喜欢用勇敢书写气吞山河的魄力，喜欢用坚强埋藏人生无尽的挫折。

胡日查夫 杭盖乐队主唱

从众是一种安全的活法，无论经历什么都有集体的感同身受，但要特立独行，活成自己的样子，并非人人都能承担"自我的代价"。玉儿环中国行走，行的是自由，走的是毅力，毕竟"勇气"，不够安全，只够取悦自己。

韩魏 冠军车手

与玉儿相知、相识在赛道。

人生是一条赛道，没有时限、没有终点，只有展现坚韧固执的路口。我们都很迷恋这条路，面对沙漠起起伏伏，面对戈壁高速驰骋，面对泥泞擦在脸上笑容满面，路走多了，心态好了，圈外很多人不能理解，我们想让更多人理解、加入，甚至当作一个使命，这种使命慢慢让自己升华。喜欢同路人，成为同行人，想为同行人也为自己做点不同的事情。我们与玉儿在同一条赛道上找到了不同的节奏，非常感激玉儿为我们展现了不同。期望有一天，能够踏上书中的轨迹，感受玉儿的精彩。

| 风剑
导演、制片人 | 宇宙之遥远深邃，人类文明暂无法到达。用车轮和脚步环行中国是玉儿的修行路。去感受大自然的宏伟、神秘，认识人类的渺小。 |

| 马银鹏
赛车视界创始人 | 这个圈子很难，难在很多人在为了表象哄抬越野的价值，在我看来，像玉儿这样随心所欲选择一段旅程，打开越野的格局，把心沉在地面上的并不多。但这个圈子始终魅力不减，因为人人爱自由！ |

| 郑义
户外探险家、纪录片《一义孤行》导演 | 户外是无穷尽的，哪里是尽头，没人敢界定。但是在茫茫人海中，总会有人愿意保持天真，像孩子一样反问、求证，玉儿的环行中国，不正是这样一场浪漫之旅吗？ |

| 吴俊德
旅行者乐队 | 一位生命的旅行者，用身体丈量世界的尽头。玉儿，一位外表柔弱的女子，却独自一人用车轮谱写生命中的每一个瞬间！祝贺新书《环行中国》出版。 |

| 青木（杨柳松）
作家 | 玉儿，一位恣意行走在天地间、追逐时光的旅行者，并以女性独特的感知，洞察一帧帧流逝的过往。万物齐落的表象是生命再度启程的号角，生命萌发的意志也是全力奔赴衰落。但这记忆里的青春，一旦在路上，就永远在路上，闪耀天地间。 |

《行之有李》的老李

玉儿，一位善于发现和记录美的摄影师，一位特立独行的美女自驾旅行者。飒爽的她，不仅让自驾路途上多了一道风景，更给粗犷的越野界增添了一份细腻柔软的意象。

王青 勘路者创始人

玉儿用车轮勾画出了一张地图，她走在自己的世界里，成为我们的风景。

初哥 走吧网联合创始人

用车轮丈量国土，致敬伟大的祖国！
用行动驱动生活，展现真我的风采！
环驾中国边境线堪称人生最豪迈的旅程！
玉儿，一个热爱自驾旅行的女汉子，心中有梦想，敢为梦想去挑战，最终活成自己想要的样子！当之无愧地成为中国汽车旅行年度十大风云人物之一！

李克崎 国民公路G318文化推广发起人、爱驾传媒创始人

用车轮一寸寸丈量祖国山河是许多人的梦想，但真正出发并做到的却并不多。爱驾者不只是热爱驾驶的人，更是有能力驾驭人生的人。玉儿就是真正的爱驾者。单人单车环行中国，除了热爱，还需要勇敢、坚持与智慧。

黄威志
冠军车手

　　十几年前从博客里拜读你的文章时，内心无比崇拜你。现在你独自驾车环行中国，为你环行中国六万公里的毅力与勇敢点赞，你是汽车人的骄傲！

马淼
冠军车手

　　相识十余载，在职业生涯能有缘相聚，真的很高兴和你一起参与和见证国内的汽车运动发展，推动赛车文化的普及。你是一个追求完美，喜欢用车轮和镜头讲述动人故事的行者，你用执着和坚持让我们了解更多的知识和精彩的世界。玉儿，加油！

草原牧狼
越野e族北京大队版主

　　玉儿，一个新时代里具有代表性的女人，她用滚滚车轮追逐着自己的梦想，探索着大美中国那些不为人知的秘境。玉儿把这些大美用游走的镜头和唯美的文字，汇聚在《环行中国》这本书里献给了世人。玉儿是真正的越野巾帼英雄，是我们越野人的骄傲。

麦草方格
越野e族总版主

　　在越野世界，女性数量远低于男性。玉儿，在我们越野圈是个特别的存在。环行中国时期，沙漠独行、雪域盘山、极寒露宿、暴雨躲险，她坚毅勇敢，无所不能，用行走展示了新时代女性的多面价值，她是女性的骄傲，是越野人的骄傲。

草上飞
越野e族社群管理

　　和玉儿初识在2008年库布齐越野e族七星湖英雄会，玉儿是我在越野e族这么多年最为钦佩的女车手和摄影师。《环行中国》这本书是玉儿继《越野十年》后的又一力作，她用一个越野人的亲身经历告诉我们最好的时光在路上，最美的自己在远方；旅行，能让我们遇到那个更好的、更真实的自己。一个人对旅行的态度，折射了他对生活的理解。一个懂得旅行的人，必然比困守一隅的人，多了探究真实、了解未知的勇气和激情。《环行中国》带你以越野人的旅行方式，游览祖国的大好河山和鲜为人知的奇观。

郑文明
西野四驱汽车俱乐部创始人

　　我们旅行的意义不仅仅是想看到的这个世界或者带大家看到更美的风景，而更多的是将你所见、所闻、所悟分享给大家。能够使每一个人唤醒曾经内心深处的那一份纯真和善良。能够将温暖一直传递下去。玉儿她做到了。相信您从玉儿的新书《环行中国》里会找到答案。

尹长友
山东省临沂市退休干部

　　初识玉儿是她带着我们几个60多岁的老头儿第一次接触越野去了哈拉湖；景仰玉儿是看了她的《越野十年》。她对美好生活的梦想和不懈追求，行走中面对危险和困境表现的坚韧意志，带着父母游历的女儿柔情，敏于思考和朴实的思想，都成为我们这些刚刚离开领导岗位、准备聊发少年狂行万里路的老人仰望的星空！

郑军
《战争零距离》制片人

大漠之玉儿女情长：人们总说肉体和灵魂总有一个要在路上，这种美好的愿望如同诗人们描绘的意境，芸芸众生忙碌在自己的欲望中，却忘了自己的理想、远方和诗、宁静与愉悦。一个女人，一台车（缺一只狗）万里单骑，五个月，六万公里，如果我们进入其中，跟随其后，也许是一种捷径，每天用十分钟的时间，去经历其中的惊险、空旷、曲折、跌宕，更能体验浩瀚星空、无烟寂静、四时美景。这本书是我们放飞心情的一扇门，打开它，让我们的心飞翔吧。

蒋卓君
中国GD女子车队创始人

作为当代女车手的代表，她勇敢独立，并立志用环行中国这样的方式来表达对祖国的爱，对越野的爱。坚韧不拔、挑战极限，是我们大家学习的榜样。

张国宇
冠军车手

从儿时起我们从课本和电视中认识的中国就是地大物博的！玉儿这样的女子独自环行中国，需要的不仅是技术、勇气，还有探索精神。但这一切必从热爱出发，"热爱先于专业"。热爱是做事的动力，专业只是旅程的果实。单枪匹马式的风格行走于天地间，我对这当中的点点滴滴充满了向往！

很敬佩玉儿这样一位单车单人走天下的女性，她让我看到了当代女性的独立与强大。在过往的赛事中，每每见到女性参赛者也都充满敬佩。可以把玉儿的这本书当作成长传记来看，看完这本书，自我也会经历成长与蜕变。

丁丁
《荒野召唤》制片人

人这一辈子，要有两次冲动，一次奋不顾身的爱情，一次说走就走的旅行。一直以来，我认为旅行不是一次出行，也不是一个假期，它是一个过程，一次发现自我的过程，直面自我的过程。看到别人看不到的世界。我跟玉儿相识有些年头了，这次作为本书推荐者之一，《环行中国》就像一扇窗，打开了我的眼帘，带我领略四季的变换，带我穿越拥挤的人潮，带我阅读浩瀚的世界。

陈峰
冠军车手

生活多精彩，路上的人知道。《环行中国》是自带音效的，车在泥泞中是什么声音，沙石飞打车窗是什么声音，广阔天地中一个人享受孤独的心跳又是什么律动。生命太寂静，我们该让自己多听听这世界的美妙。

王博
玩路邦创始人

用车轮丈量祖国边境线，发现最美的路；路上的日记，记录最真切的感受。

通过这本书，和玉儿一起发现路，感受路。